天下文化

BELIEVE IN READING

醫見人生

張德明醫師的人間診間思索

前臺北榮民總醫院院長
美國風濕學院大師、院士

張德明 —— 著

目次

推薦序——

仁心雅趣兼具的杏林春暖　蔡英文（前總統）　006
醫眼看人間　釋證嚴（佛教慈濟慈善事業基金會創辦人）　007
文中有畫，畫中有文　梁賡義（逢甲大學春雨講座教授、浩鼎生技公司董事長）　010
從人間看診間，診間有人間　賀陳弘（前清華大學校長）　012
蘊藏文學、哲學、醫學的散文集　李喜明（前參謀總長）　013
大師的感動人生　陳威明（臺北榮民總醫院院長）　014
高度次序與強烈浪漫的完美結合　司徒惠康（國家衛生研究院院長）　016
融合醫學專業及人生哲理的好書　蔡建松（國防部軍醫局局長、臺灣外科醫學會理事長）　019

自序——

閒隱人間角落，記錄診間感受、常日悲喜　021

輯一　人間見聞

輯二　診間百態

—推薦序—

仁心雅趣兼具的杏林春暖

蔡英文

張德明院長在我總統任內，擔任臺北榮民總醫院院長。我與他的接觸來往，大多是因為公務，印象中，他有一張嚴肅認真的臉，讓人感到信任和專業，也將榮總這座大醫院治理得井井有條。

他退休之後專注於寫作與繪畫，至今已完成三本著作。這本《醫見人生》，是他重新拾筆創作的觀察與記錄，雖是小品，卻篇篇雋永。透過這本書，我看見了張院長在職場之外的細膩與溫柔，樂將《醫見人生》推薦給各位朋友，和大家分享這份兼具仁心與雅趣的杏林春暖。

〔推薦序〕

醫眼看人間

釋證嚴 佛教慈濟慈善事業基金會創辦人

「人生最苦，莫過於病」，回想五十八年前曾到東部偏鄉的小診所探病，無意間看到一位小產婦人因為沒錢就醫又被族人抬回去，是生是死？不得而知。因為這一念，而肇創「慈濟」，以濟貧救病為宗旨。歲月如流，五十八年又七個月過去了。隨著臺灣經濟的快速發展，全民健保開辦，經濟弱勢的病患有所依靠，天下再無嚎啕聲。慈濟在全臺有花蓮、臺北、大林、臺中四家大醫院和嘉義診所、玉里和關山慈院，醫療網披得既廣又深，希望貧苦病患都能安心得到救助。

慈濟醫療體系也有許多醫師出自軍旅；感恩國家栽培優秀的醫官，走入人間，體察病患之苦，施以精湛醫術，救人無數，以回報國家栽培之恩與為師的殷切託付。

慈濟一向尊重生命，「以病為師」的優良傳統，醫界多有耳聞。因緣不可思議，感恩蔡青兒菩薩專程陪同張德明居士回來精舍與為師見面。張居士言語不多，是位謙謙君子，簡短的交談，只覺他恂恂然有儒者之風。其實他先後擔任榮總和三總的院長，以及國立陽明大學的副校長，醫院事務十分繁雜瑣碎，比起統領百萬雄師不知困難多少倍？張居士執掌院務如軌進行，院內外都獲得好評。

從軍職退役後，有時稍作回顧，張院長欣慰每每面對病患，特有「細膩觀察兼淺探內心的能力」，於是開始書寫曾經與病患互動的故事，於二〇二〇、二〇二二年先後出版《醫中有情》和《人醫之間》，就是這份筆墨因緣，跨越年齡和領域，邂逅蔡青兒，開始與慈濟有了連結。

張院長退而不休，筆耕不輟，繼續蒐羅診間百態、人間見聞，第三本書《醫見人生》很快的就要由天下文化出版面世了。張院長不僅仁心仁術，他對病患也格外用心，知道醫師看病，不只注意表象的病徵，還要探究病患絲絲縷縷的因緣牽絆，從源頭開解方才是良策。

《醫見人生》這本書最特別的是，在每篇文章結尾後穿插一幅水彩畫，可與前文相呼應。由衷讚嘆張院長多才多藝，不僅信手拈來就是一篇錦繡文章，又能在每篇文章結束後親自畫上一張畫作當作 end；事實上，很少有作家可以做到這一步，可見張院長有很高的藝術涵養。

張院長與為師的因緣頗深，早在二〇二一年二月就已皈依了。今年九月初，在青兒邀約下，回來精舍看望為師，雖然身子清瘦，欣喜他精神敏睿如昔。希望一家人有更多的互動，也祈願以張院長的高度，多多提點獻策，讓慈濟志業永續人間。無限的祝福！

—推薦序—

文中有畫，畫中有文

梁賡義　逢甲大學春雨講座教授、浩鼎生技公司董事長

我的好友張德明院長多年來創作不輟，寫作、繪畫滋養他的生命。他用一顆理性、感性兼具的心，書寫他的人間見聞；用一雙不尋常的眼，觀看眼前的世界，即使世界是荒蕪一片的沙漠，仍能從中找到美好的路徑。

張院長為二〇二二年「美國風濕學院大師獎得主」，此獎項為風濕病學專業領域最高榮譽，創立九十年來，張院長為臺灣第一人。能獲此榮譽，也許就是因為他認識到好醫師不應只有專業上的成就，人文涵養更是不可或缺，才能視病猶親，真的是良醫的楷模。

時隔兩年，張院長又將出版新書，書名《醫見人生》，寫在診間為無數病患

看診的觀察，以及平日生活中的體悟，文筆細膩，畫作更有行家譽為「清新、清心、空氣多、有生命力」。

事實上，張院長這本書最大的特色就是文中有畫，畫中有文，二者缺一不可。從每一篇文章，每一幅圖畫中，我們彷彿都看到了生命中一些正向的東西，有希望，有幽默，有勇氣。張院長深厚的人文素養，將他的人間觀察，診間所見，先化為一篇篇細膩深邃的文字，讓讀者得以從中細細品味人生。緊接著一幅幅相關的圖畫，與先前的文字相呼應，每每引發讀者會心的共鳴。

讀張院長的書，可以看到一位兼具專業與人文素養的醫者，如何在醫療上發揮他最大的實力，診間幽默機智的對話，更為病人帶來勇氣，實為病人的莫大福氣，是能引人共鳴深思的散文作品。

—推薦序—

從人間看診間，診間有人間

賀陳弘　前清華大學校長

當白袍裝著文學的靈魂，從人間看診間，診間有人間。曾經將作者的書，送給清華大學學士後醫學系第一屆的新生，杏林新秀得以看見一流醫師的典範。這本書也讓我們知道，原來文學與醫學到了高處，博愛與真誠，是相通的。

推薦序

蘊藏文學、哲學、醫學的散文集

李喜明 前參謀總長

「診間裡的傾吐和對話，療人療己，剎那的溫暖，或能促人更樂於行善助人。」這是本書最後一段話，也是我所熟悉的德明在診間一向秉持的醫療哲學。

我與德明相識相知多年，直到他二〇二〇年北榮院長退休前出版《醫中有情》散文集，我才知道他除了醫術精湛、望重杏林之外，還有鮮為人知的細膩文筆與繪畫才華。這是他的第三本散文集，仔細捧讀新書，除了更深刻體會到他行醫的執著與感性，也感受到他的文章更為流暢，揮灑自如，已經更上層樓。

這本書蘊藏著文學、哲學、醫學，也透露出作者在醫病關係中的理性、感性、知性，值得讀者細細品味。

—推薦序—

大師的感動人生

陳威明　臺北榮民總醫院院長

張德明教授是臺灣首位獲得美國風濕學院頒發大師獎的醫師。他的臉書專頁「張德明風濕病圖書館」擁有超過一．五萬名粉絲，做為「大師中的大師」，張教授多年來不斷創作，不論是寫書、繪畫、撰寫文章，還是臉書發文，都展現了他做為大師的風範。

自二〇一七年三月起，我擔任臺北榮總副院長，追隨張德明院長多年。二〇二〇年，在他擔任院長期間，出版了《醫中有情》一書，展現了張院長在果斷決策之外，深厚的文學素養與溫柔關懷的一面。二〇二二年一月，我接任院長後，特聘張前院長為最高醫療顧問，並經常向他請益。他對國家社會及臺北榮總的永續發展充滿關懷和熱情。二〇二二年十月出版的《人醫之間》，更讓人感受到他在「人間」與「診間」之間的幽默、體貼、溫暖與感性。

事隔近兩年，終於迎來張教授的新書《醫見人生》。在「人間見聞」中，我看到了親情、感情以及爺孫之間的深情；更驚喜的發現張教授的畫作愈發精湛，其中獻給母親的九朵康乃馨讓我深受感動。在「診間百態」部分，張教授透過觀察與關心，探討影響病情的環境與生活因素，讓診間充滿友誼、關懷與人生哲理。

在醫療ＡＩ迅速發展的時代，透過《醫見人生》這本書，張教授的文字與畫作，讓我們能感受到溫暖的手、充滿感情的心，體驗到對病人和工作的愛。我誠摯的向大家推薦此書。

—推薦序—

高度次序與強烈浪漫的完美結合

司徒惠康　國家衛生研究院院長

毫無疑問，張院長是位具高度次序感的人，這項人格特質反應在他過去四十年來傑出的醫療成就及卓越的領導風範。張院長更是位具強烈浪漫感的人，在他內心宇宙萬物皆有情，能夠由長空中閃爍的星光到稚齡孫子放電的眼神中，不斷的譜出生命中一幕幕動人的詩篇。

他一直都是我個人職涯發展中最重要的導師之一，二十年來一路引領我從事生物醫學研究與教育行政工作；多年且極近距離的觀察，深切的感受到張院長白袍下強烈的榮譽感，以及對承載生命重責的無畏與無悔。

平心而論，遇見張院長之前，我很難相信高度次序感與強烈浪漫感可以如此完美的融合在同一個人身上。當然，這個絕妙的體現，根植於他過去所接受的頂尖醫學專業訓練、本身豐厚的文學底蘊、充沛的藝術才華，過人的洞見能力以及一顆鮮活的心。也因為這種多重能力與特質的組合，讓我們不只是看到一位傑出的醫師科學家及醫學中心的領航者，更見識到一位情感細膩、才華洋溢的藝術及文學家！

張院長於二〇二〇年六月中旬出版生平第一本散文著作《醫中有情》，內容記載了他行醫多年的溫暖與悸動，總計七萬多字、一百零三則文章，篇篇精采！令人訝異的是才過了兩年多，於二〇二二年十月底，他竟然就出了第二本書《人醫之間》，以他慣有洗鍊且深度幽默的方式，細數人間悲歡及診間百態，再次見證了他結合「醫學專業」與「人文素養」的深刻人生智慧！

跌破眼鏡的是幾天前接到他電話，他的第三本書即將出版了，這是何等驚人的速度！這本《醫見人生》有人間的見聞、有診間的百態、有深度的智慧、有滿滿的溫情；它像是張院長將他本人六十多年生命淬鍊過的精華，用高速播放的方式分享給讀者。

同樣令人驚豔的是書中近五十幅的水彩畫，這位封筆了四十年的潛力畫家信手拈來，早已跳脫年少時模仿畢卡索「戀人」、「鏡前女孩」、「海邊奔跑的兩女人」等框架，展現出一種自我揮灑、隨心所欲、從容自信，卻又渾然天成的恢弘格局，著實令人嚮往！這本橫空出世的好書，必定給讀者帶來更多心靈與視覺上的迴響，十二萬分期待。

推薦序

融合醫學專業及人生哲理的好書

蔡建松 國防部軍醫局局長、臺灣外科醫學會理事長

很榮幸能搶先拜讀張德明院長的第三本著作《醫見人生》，在日常繁忙的臨床門診、醫學教育與學術研究中，還能抽出時間執筆創作，不僅需要過人的才華，更需要對生活有深刻的洞察與熱愛。

張院長正是這樣一位不僅在學術界卓有成就，在文學及圖畫創作上也表現卓越的學者。這本散文集內容分為「人間見聞」及「診間百態」兩輯。延續他一貫深刻而細膩的筆觸，將醫學專業與人生哲理融合在文字中。

書中的每篇散文，我們能看到一位醫者的仁心，讓人不僅僅是閱讀，更是在體驗和思索對生命應有的尊重與敬畏。

推薦這本充滿智慧與情感的散文集給每位讀者，無論您是醫學專業人士或是文學愛好者，相信都能在其中找到共鳴與啟發。

一自序一

閒隱人間角落，記錄診間感受、常日悲喜

很興奮滿足，由天下文化出版，個人的第三本醫學人文書籍問世了。

寫書不難，嘈嘈切切錯雜彈，大珠小珠落玉盤，快火慢燉，終究是一道道香氣芬馥的珍饈佳餚。倒是書名訂得掙扎，該穿燕尾服還是牛仔褲出場，就琢磨了好幾宿。最後的選擇，還是包括高希均創辦人在內許多人的集思廣益。

明代醫學家張介賓先生曰：「夫生者，天地之大德也。醫者，贊天地之生者也。」「醫見人生」的書名，確屬巧奪天工。

這本書仍然在寫診間百態、人間見聞。非常感恩泉湧不絕的靈感，激盪出寫意的文字和圖畫，彰顯人類的原始情懷，和人性的根本價值。其實字裡畫間，都源自對生命的尊重，和對生活的熱情。

行醫是人生，行政是人生，寫作是人生，繪畫又何嘗不是？其實行走坐臥、食衣住行都是人生，只是常無聲無息匆匆的就飄走了，而我只是掬起一掌長流中的湖水，曝留一些閃爍晶瑩的沙粒。

人和自己之間都有許多對話，人與人之間當然有更多的火花，尤其於病痛折磨衰弱的時候，更見人性，更嘗人生的酸甜苦辣。彷彿在平實無華間散放光芒，在殷殷日常間悲喜交集，我在診間感受真切，款款情深的記錄下來，療癒自己也分享溫度。

常被問及，忙碌的生活，倉促的診間，怎能寫出精采的故事。但對許多慢性的免疫疾病，因為巧裝得宜，就必須培養細膩觀察兼淺探內心的能力，那本就是疾病診斷的一部分，也是治療成功與否的關鍵。何況故事本就動容，只是閒隱人間角落，練火眼金睛，偶得拾穗，自然信手拈來，探囊取物。

當然不可能期待，短時間內，有完整如實的訴說。但若能在反覆的對談中，按圖索驥，去蕪存菁，就可順藤摸瓜，摘取精華。無論歡喜或憂傷，只有常回顧舔拭的破口，才感念得深、癒合得快。

文字具象，起手無回，白紙黑字的鑿痕，咀嚼後已可輕微發酵；水彩抽象，渲染恣意，撲朔迷離間就多了發想的空間，讓生老病死的愁苦，也披上詩情畫意的外衣。掏空了，洗滌；裝滿了，甜蜜。

而無論如何，這些源源不絕的創作，只為求取一份觸動，帶來一些反思，分享一些趣味，忘掉一些憂煩，從而引導人生或疾病於正面健康的道路上。

我歡喜執著的勤奮書畫，雖遠不及以指磨藥之境，卻仍奢望對人對世有潛移默化之功，無愧天心。

最後，深深感謝蔡總統、證嚴上人、梁賡義院士校長、前清華大學賀陳弘校長、前參謀總長李喜明上將、臺北榮民總醫院陳威明院長、國家衛生研究院司徒惠康院士院長、國防部軍醫局蔡建松局長等樂於為序。更感謝佩穎總編輯和怡琳主編的鼎力協助，讓書得以順利付梓。誠摯祝福各位讀者，展讀悅心、健康平安。

張德明　敬筆

二〇二四年九月

輯一

人間見聞

水彩畫

畫了才知不足，但做了才能滿足。

記得幼稚園時，都用蠟筆塗鴉，反正怎麼畫都有人拍手，畢竟是小孩子，畫棵紅色的樹，大人們也圍觀叫好，摸著頭喊聰明。大人們都一樣鄉愿？只是虛應故事？還是能預知未來？

但紅色的樹就真錯了嗎？在安德魯．路米斯（Andrew Loomis）所著《畫家之眼》（*The Eye of the Painter and the Elements of Beauty*）一書中，特別強調，要去觀察、捕捉、挖掘在萬物中潛藏的美。談到達文西的透視法、林布蘭的光線、塞尚的形體、梵谷的色彩等。畫家用一雙不尋常的眼睛，觀看眼前的世界。即使世界是荒蕪一片的沙漠，畫家仍能從中找到美的路徑。

強尼．艾夫（Jony Ive），是蘋果公司英國籍的前設計部門資深副總裁，主管產品和人機介面設計。他曾說：「人生也要練習構圖，放眼望去，我們看到的是同樣的山水嗎？而你怎麼看世界，決定了你是什麼樣的設計師。」

對人生而言，其實我們每個人都是畫家，無垠的未來是超大全開的畫布，就看你想多認真、多辛苦，用頭腦、用手腳，畫出多絢麗豐滿的人生。

看山是山、看水是水；卻又不是山不是水；卻又是山是水。所以哪有固定的形體顏色，下筆剎那的感覺就是作品。誰說樹一定是綠色，萬紫千紅染大地以顏色，誰曰紅色不宜。

眼中所見，要有想像。總有心境、總有夢想、總有浪漫、總有顛覆、總有不同，又何必拘泥。所以畫紙上應該沒什麼是不對的，英雄所見未必略同。

水彩畫，應該是小學四、五年級的美術課學的，真的一點記憶也沒了，只記得雄獅牌王樣水彩。不要說你也知道，因為那真的有些年代了。唯此刻上網看，居然還在，三十色才兩百餘元，不能用繪畫太貴沒辦法開始來推脫。

不過現在做繪畫顏料的國內廠商確實也少了，可能市場不大，之前沒人告訴我王樣還在，不然一定買了促進內需的愛國一下。

國中時參加校內美術比賽，糊裡糊塗的被叫上臺領獎，也不記得都畫了什麼，但應該是當時升學壓力大，真正的高手都在念考試科目，根本不此之圖。

媽媽幫我把所有小時候得過的獎狀都保存下來了，厚厚一大袋，有的還被蛀蟲啃得破洞，又怎麼樣呢？當年的手下敗將，在其他領域不知道發展得多好，說不定還有人做了真正的畫家，而誰又會在意你過去有多麼了了。所以一時輸贏其實不值得心喜心憂，各有各的路，人自一片天，傳世的畫少，終究是自嗨的多。不過我的畫卻一張沒留，連媽媽都看不上，應該是真的不值得保存。

只有高中升大學的暑假，等待放榜期間，突然喜歡上畢卡索，連續仿畫了「戀人」、「鏡前女孩」、「海邊奔跑的兩女人」等，都全開大張水彩。噢，這才頓悟，難怪現在畫四開始終感覺綁手綁腳的。

「鏡前女孩」不知道跑去哪了；「海邊奔跑的兩女人」大一時在學校校慶展覽後不見了，明明心中傲嬌，還故意跑去主辦單位興師問罪；只有「戀人」仍留在身旁，是一幅全開的水彩畫，現在怎麼看都再也畫不出來了，那時光、那心境、那情懷，都尋尋覓覓中回不了頭，只有看著畫，想到許多當年模糊的點滴，想著年少時光，全都讓人暖暖的心醉。

所以許多事情，千萬不要計劃、預約、等待，想做就做。即使再唐突、再紊亂、再挫折、再失敗，都比空白好。再回首時，總是甜蜜美好的、無可取代的，也絕不可能再複製。

畢卡索的畫，隨便幾筆，拍賣場裡都會立刻貼上紅點，億元起跳的爭搶；我的仿畫，覺得好像，又添了幾筆，也貼了紅標籤，卻是警告千萬別任意丟棄。

大學開始，因為集體住校，少了環境，之後一路公忙，一擱筆就數十寒暑。直到在榮總三節值班，一個人悶著，又開始畫。現在更認真的畫，一週一幅，兼寫兩篇文章，樂此不疲的擰扭著自己，看還能滴出多少斤兩。

再開始，確實只明信片大小，但總覺無法率性揮灑，很快就八開、四開，還肖想更大的紙，像塗抹人生一樣，畫得心曠神怡。

最愉快的，是能不斷測試自己，寒暖色交替，單混色交替，不斷嘗試，挑戰極限，向不可能推進，常畫得手軟心虛，卻享受完工時的小小歡愉。

很在意凡事保有初心，在成長的路上，不斷惕勵著始終如一，堅定的努力向前，即使抖落一身風塵，心田仍靜淨如水，有些自豪，卻彷彿也有些莫名的失落。其實無論怎麼做，沒人是圓滿的，或許差強人意就好。

有人建議我改畫油畫，因為可刮了重來，慢慢的修補。而水卻最難掌握，覆水難收，潑灑下去就再也回不了頭。但人生不就是如此，走過的路，剎那間的選擇，沒時間思索，也不可能重來。我喜歡那一發不可收拾的恣意，那份朦朧、那份氤氳，更重要的是，那份始終如一，所以仍執著水彩。

水彩畫是水與彩的變化，混合中的色澤，是情緒的抒發，憂鬱的梵谷，畫中有滾滾煙愁，即使染了桃紅，也帶著殺氣。這幅畫，用萬紫千紅遮掩，看不到原色的樹，也無法窺探我的感情、我的心境。

水彩畫更是水與彩的交合，可試著掌控，卻終究要面對未知，而對未知的期待，正是作畫的樂趣，不也正是人生向前的動力。

最近的畫被行家稱讚以清新、清心、空氣多、有生命力。內心得意，應該不是幼稚園時大人的拍手，不免嘴角上揚，心花怒放，等會兒就再去畫一張。

眼睛

我抱著心愛的子系，著迷他圓滾晶亮的眼睛，再回看自己的眼睛，看著這兩雙眼睛，瞬間湧起濃濃的喜悅，也有輕輕的嘆息。

沒有比較，你不知道得到了什麼；

沒有比較，你不知道失去了什麼。

曾經的童年，那樣的年紀，擁有一雙一樣的眼睛，黑白分明，純淨如水。那時看著世界，充滿無辜，充滿好奇，沒有煩惱，沒有負擔，一雙清澈明亮的眼睛，貨裝得不多，卻好像能吸納百川，渾然不知未來會給它著上什麼顏色。

然後用眼睛看世界，在憧憬和學習中前行，在規矩中突破，在突破後規矩，在失敗中反省，在成功中惕勵，一步步向前，因此有了不一樣的眼睛，繽紛人生調色過的眼睛，在花花世界裡冷耀奪目。

而時光就這樣溜走，像漏斗中的細沙，撲簌簌無止息的下墜；像掬了一掌的水，不知不覺間只剩下一點濕意。

而這雙歷經歲月的眼睛，有智慧、有深度、有知識、有內涵、有思索、有情感、有愛憐、有憤怒、有憎惡、有貪婪、有隱晦、有曖昧、有企盼、有期許、有羨慕、有酸楚、有迷惘、有困惑、有嫉妒、有無奈、有委屈、有呆滯、有疲倦、有悲傷、有歡樂、有喜悅、有等待、有憧憬、有遺憾、有滿足、有失敗、有成功，更多的是感恩和惜福。而其實就是時光累積的人生，它壓縮了一切走過的痕跡和心境，太亂太雜，貨多了，也逐漸讓眼睛變小變濁。

很難得仔細看自己的眼睛，尤其是比較另一雙彷彿是自己小時候的眼睛。當年隻身赴美念書，兒子大為才四個月大，那仍是戒嚴時期，妻兒不得隨行，我揮淚離家。第二年解除戒嚴，妻兒來美，我正是錯過了兒子在子系現在的時期。而我幾乎無法想像當年抱在手中的兒子，也已經有了兒子，看著這令人感動的眼睛，其實是子系的，當然也就是兒子的，甚至是我的。

當今天再看到自己的這雙眼睛，知道它已千錘百鍊，得到我曾經想要或不曾想要的，知道它曾肩負過重任，明察秋毫的正當努力過，對得起被付託的一切。

當今天再看到自己的這雙眼睛，知道它已不再年輕，知道它承載了風霜雪雨，也安然度過時間的考驗和試煉，對得起所有的教誨和走過的歲月。

即使它低垂了、黯淡了、混濁了、失色了，知道它依然瀟灑桀驁，好強自負。感慨自己曾經走過的大江大海，曾經努力的分分秒秒，感謝上天的恩賜，上天的眷顧。

我從不曾深刻的回顧，直到今天和子系的合影，那透澈無邪的眼睛，讓我悸動、令我安慰，有我的血液，有我的年少。

看著這可愛的子系，這雙漂亮的眼睛，不禁提醒，要記得，即使失去了童顏，仍要保有童真，和父親大為及父耶一樣，依然充滿好奇，充滿熱情，持續發掘自我，探索世界，挑戰未來，求知若飢，虛心若愚，無畏無懼的勇敢前行。

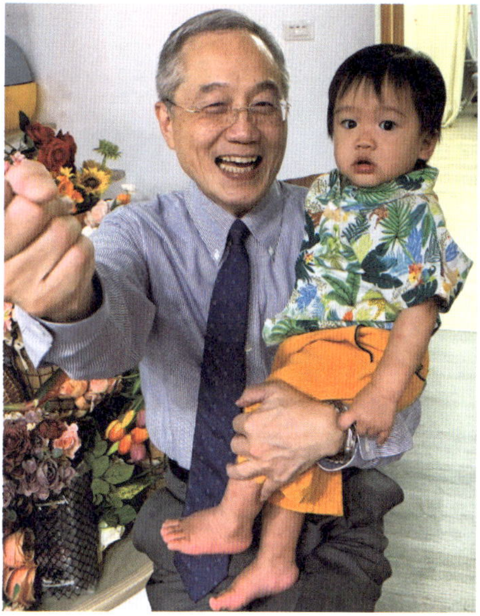

子系感冒

一早聽說，子系昨夜燒到三十八度，真揪心啊！還好三個小時就退燒了，且仍然活蹦亂跳的，爬上爬下例行該有的動作，完全不打折，一樣的迅捷俐落，看得出體力沒受到影響，腦袋瓜也一樣靈活。

平日只要他活動，就得瞪大眼睛，隨時跟在後面盯著。若太遠盯著，擔心萬一狀況，鞭長莫及，無法即時救援；但若太近盯著，那絕對隨時一個轉身，雙手高舉，大喊抱抱，且只要一上手，十二公斤的啞鈴就不知何時脫手。

不知道為何幼兒喜歡抱抱，是因為抱著有安全感？是能和大人在同一平面看世界？是可以和大人平起平坐？還是心近了可以交心？不過他很早就會喊父耶父耶抱抱，我也甘之如飴且樂此不疲。

這兩天，子系偶爾還是會咳一、兩聲，夾著些微的痰音，也還有一點鼻水，不過抱起來貼著肉就知道，並沒有發燒，尤其是電池始終滿血，完全不受影響。

媳婦也頻頻擤著鼻涕，看來應該也感冒了。因為子系出門多防護妥當，猜是媳婦在外感染了再傳給子系，因為他們母子情深，總膩在一起。這推測本來合情合理，未料兒子聽了立刻跳出來，說其實是他先感冒，傳給子系，而媳婦完全不顧自己，徹夜照料，才成為受害者。一家人，誰先誰後根本不重要，但看到兒子的赤膽忠心，不禁會心一笑，不但深具乃父之風，還青出於藍。

其實只要做兒子的願意挺起胸膛，任何挑戰責難一肩扛起，即使倒下去了，也還會有爸媽搶著扶，又哪會產生什麼家庭糾紛、婆媳問題。凡事豫則立，不豫則廢，其理甚明，只是兒子們平日的家教要好，而且絕對身教重於言教。

媳婦說，聽聞小孩子的感冒病毒很毒，大人若被傳染會比較嚴重；但小孩子的感冒若能轉傳給別人，好像本身會有所減輕，說著抱起子系狠親了一下，母愛的偉大確實令人動容。

這話撩下去了，旁邊離得最近的，除了子系他娘，就是隨時準備扮演轎夫的父耶了，這會兒當然輸人不輸陣，後腳跟都提起來了，能替子系分擔一下，根本樂在其中。但突然想起明天還有門診，要講很多話，硬是煞住了車，只遠遠送出一記充滿感情的飛吻，讓子系感到一陣搔不著癢處的莫名其妙。

小傢伙頭好壯壯，這兩天已完全恢復正常。人家船過水無痕，玩得不亦樂乎，我們周邊陪侍的人卻東倒西歪，無論濕吻的、飛吻的，沒一個跑掉。

這事印證了小孩的感冒病毒確實頑強、見識了母愛的偉大、好好先生的難得，兒子教育的重要。而最關鍵的，只要是一家人，這世上根本不會有什麼人與人相處的問題。

頭暈

最近頭一直在暈，昏昏沉沉的，偶爾還天旋地轉。

大約是由第四劑疫苗注射完後的第三天開始，已持續超過兩個禮拜。想應該只是副作用，也沒其他好辦法，就暫時擱在那，等待自然康復。

其實過去對任何針藥都沒什麼感覺，從來就天選之人，沒在怕的。想這所謂的「次世代」，還真不是普通的厲害，居然硬是逼我現出凡形。

就這樣先暈了兩週，然後就要出國了。想要不是為了出國，就不會打那第四劑，不打不就沒事了。那頭暈到底是該賴給第四劑？還是賴給出國？

當緊當忙的時候選擇出國，在新冠病毒疫情仍然居高不下期間，難道是喜歡湊熱鬧趕時髦，一副時間多錢也多的架勢？其實不然，實在是因為情況特殊下的不得不。

美國風濕學院（American College of Rheumatology, ACR），成立於一九三四年，為風濕學國際最高學術殿堂，目前有七千七百位正式會員。其宗旨在發展最先進的基礎研究和臨床醫療，教育風濕學科專業人員，促進對風濕和自體免疫疾病病人的照顧和健康維護。

「大師、Master」，為美國風濕學院的最高榮譽。迄今僅有五百二十九位，且多為歐美重量級學者醫師，包括我在美國的兩位老師。事實上，成立以來，從來沒有臺灣人獲頒，甚至找不到亞洲人的名字。

但總是有人慧眼識英雄，硬是燈火闌珊處的選定我。其實是毛遂自薦已經鴨子划水的拚了年餘，其間資料彙整的辛苦折騰，真不足為外人道也。

但頭怎麼那麼暈啊，外人或看不出來，自己卻心裡有數，隨時得注意浮木在哪，就怕轉到失去平衡的跌下去難看，可臨時抓一把撐住。

今年（二〇二二年）的美國風濕學院年會，在賓州費城舉行，三個月前，突然收到一封恭喜信，通知要在大會上領獎。這麼大的榮譽，是對醫療專業的高度肯定，欣慰之餘，實在難有任何藉口推托。同意後就著手準備出發，計劃先直飛西雅圖再轉機。

過去出國，都祕書先縝密的打點好，帶個錦囊就萬里無憂；再有一群同儕前呼後擁的披荊斬棘，真是一路順風，自己只要有氣質的跟大家握手、揮別、說幾句天馬行空的話就載譽歸國了。

現在不同了，祕書早轉場了，同儕也都四方奔散，一切只能靠自己。很早就開始準備各類文件、簽證、機票、住宿、疫苗接種證明等，深怕萬一差錯，不定就原機遣返，搞不好獎項都追回去，總不能找個老年痴呆的尊為大師吧。

不過，自忖腦袋絕無問題，只是新手上路而已。原來凡事都有個竅門，行行出狀元。嗯，頭暈也差不多心裡亂的那時候就開始了。

真準備出門了，下午忙進忙出的做著最後的打理，事到臨頭，反正花轎已是非上不可，心情也就逐漸平穩。一不留神，來了幾個大G的迴旋，突然發現，居然不暈了。

怎麼回事兒？出國在即，藥物副作用就戛然而止，真有這麼巧？難道根本不是疫苗的問題，是因為自己緊張嚇暈的？

不得不坦白，說出來怕丟人，但誰沒有害怕的事情呢！而我，是懼怕飛行，因為騰雲駕霧後，腳一離地就失去了控制，那種任人擺布的感覺，總避之唯恐不及。只是難得能上臺領這種大獎，總不能在榮耀的當下，忸怩的說大師怕怕，或問有沒有火車、汽車越洋接送。

其實懼怕無法解決問題；渺小的我們，更不可能掌控所有。方法唯一，只有面對。因為人生無常，太多事情，出其意料的橫空出世，不能因為懼怕而卻步，不能因為失控而退縮。無論任何艱難險阻，記得向前，且步步向前，最多不過就頭暈而已。

臺北距離西雅圖 10,178 公里，飛機爬上去後，高度似乎定格在 10,668～11,277 公尺，速度達每小時 1,131 公里，就平穩的向前飛。速度其實不慢，比車速快了十倍有餘，但仍得花上十個小時。要是能有孫悟空一觔斗十萬八千里的功力多好。

就這樣，全程開著電腦螢幕上的飛行羅盤。人家點開電腦螢幕，不是看電影就是購物，只有我，彷彿對飛行充滿興趣，就狠盯著螢幕上那架小飛機。老經驗的空服員來回繞了幾次，趁送餐時，微笑著輕柔的說，先生，放輕鬆點，enjoy。

臺北時間清晨五點了，腦筋仍清楚得可以寫詩，旁邊的人都睡了，但也沒什麼好羨慕的，每個人害怕的事情不一樣，各有各的擔憂。

不過既然上了船，就別再東張西望的像個賊，乖乖坐著少找人麻煩，讓人家能專心開飛機就好。

飛機應該是在洋面上受著強風吹襲，一直左右搖晃。艙裡的人都靜靜的，機外溫度是攝氏零下五十五度，想像在一萬公尺高空冷凍櫃中的移行、進食、如廁，不得不佩服科技的進步，也逐漸安下心來，或不得不安下心來。

窗外可見飛機翅膀，迎著晨曦輕輕擺盪。因為有了翅膀，才能飛遠飛高，不去挑戰極限，就不知道極限在哪。不冒險、不帶翅膀，怎能天地遨遊，怎能出人頭地。

很高興平安落地，頭不暈了。所有危疑震撼終會過去，面對就是，時間終會

給每件事情一個結果，只要方向正確，就順流而下吧！不害怕、不擔憂，加把勁、放輕鬆，終見花好月圓，

幸好頭不暈了，明天就高高興興的上臺領獎。

ACR
AMERICAN COLLEGE
of RHEUMATOLOGY
Presented To
Deh-Ming Chang, MD, MS, PhD
ACR Master
2022

商務艙與經濟艙

若因公務出國，可能攸關國家顏面，或是讓公務員於旅途勞頓中，仍能飽餐熟睡之後再戮力從公，依規定都搭乘商務艙。

若是私人旅程，因較少遠程飛航，即使經濟艙三、四個小時航程，印象也很模糊，因此記憶中都是舒適甜美的。

其實一架飛機的商務艙與經濟艙，也就是座位的前後、大小有分，可能主要著眼在私密性與舒適性，不過既然同時起降、安危與共，反正一樣載著飛，理論上應該差別不大。

這番出國，遠赴重洋，自個兒詢問機票價格，方知可能因為疫情長時間限縮了旅遊，致票價飛漲，僅臺北到美國西雅圖，經濟艙一人來回就要四萬三千餘元。若訂商務艙，則要十五萬八千元，相差超過三倍更超過十萬元，很難令人心平氣和的慷慨解囊。

想想就算再經濟克難吧，忍耐十個小時也就過了，省下的十餘萬元，還可以用來做好多事。一個小時省一萬的概念，不痴不呆的，何樂不為，當然該咬咬牙吞下！

唯同儕好意，知道要長途跋涉，說累積了許多的里程點數，短時間不會出國，作廢了可惜，不如轉給我，就可以由經濟艙升等為商務艙。既然只是點數移轉，且回國後自己有了點數可再還回，也就欣然笑納了。

商務艙，一排四個座椅，中間兩個並排，隔走道，兩邊再靠窗各一，每人有一寬敞的獨立空間，可完全躺平，非常舒適。旁邊有閱讀燈、鏡子、小櫃子，還有個小隔簾，拉上後，看不到前後左右，想看電影、看書、聽音樂，都不受打擾，連安全帶都多一條肩帶。要不是在高空，還真是溫馨的小窩。

登機前，先在網路上訂好餐，時間一到直接送來，前菜、主餐、點心、水果分次上，先是鼎泰豐紅油抄手，再一碗麵，在安靜私密的環境裡、輕聲細語的服務中，享用色香味俱全的食物，吃得津津有味，口罩脫下來也安心得很。當然腦筋仍一片清明，這可還在高空中，再可口還是先降落好。

空服員優雅的緩慢來回巡視，收好餐盤後，更走過來溫柔的說，要不要幫你鋪床？

乍聽有些羞澀心暖，但怎麼也認為坐著比躺著安全，萬一有狀況，當然是坐著反應快，就笑一笑謝謝好意。嗯，再溫柔也不至被矇了。

但冷靜想想，高空裡，也不知道反應快是要幹嘛！不過這十個小時的去程，仍感覺舒適安逸的光陰似箭。

回程，要飛十三個小時，如果仍是商務艙，就試著被鋪床，躺平了睡它一覺，心中漾著甜蜜的憧憬。

但被告知商務艙滿座，即使有點數，也只能候補，直到最後一刻，仍然沒有任何空檔，只能悵然的乖乖坐回經濟艙。

同樣的機體中，一排九個座位。當然是三、三、三的排列，兩個三中間隔著走道。大約從二十排之後開始，走道上的簾子一拉滿，就隔開了前後兩個不同世界。商務艙一個人的空間在經濟艙硬擠給兩個人用。有了來時的美好經驗，此刻感覺，就一片亂糟糟的烏煙瘴氣。

鄰座一位外籍人士，高頭大馬，目測應該有一百八十公分高、一百公斤重，挺個肥胖肚子，幾乎頂到向後仰躺的前座椅背。黑色口罩只敷衍的蓋住嘴唇，露著鼻孔，粗壯的手臂閃著濃密金毛，占掉整條座椅把手，龐大的身軀，塞在狹小空間裡，相信他那麼鎮定自在，一定也在專心想，下機後要怎樣花那硬省下的十萬元。而我，壓緊了N95口罩，同樣蜷縮著，卻可能和他有個共同的夢想。

飛上高空平穩後，駕駛熄掉警示燈，空服員開始發餐，感覺像在賑災。兩走道各一輛餐車轟隆轟隆的滾滾而來，填好填滿，也許為了減少壅塞時間，一路喊著 Fish or beef?（吃魚還是牛肉），回應後，再單手快速碰的一聲放在小桌上；跟著喊 Coffee or tea?（咖啡還是茶），回答任一後，眼神示意，將塑膠杯置餐車上，注入後，再示意取回，此時眼睛繼續瞟向下一位，直接問 How about you?（你呢？）也難怪，這麼小的空間，這麼大的嗓門，難道還需要人家說兩次。

少了一點被服務的感覺，有些像是電影裡集中營或養老院的配餐，或在鴨寮裡餵糠，沒有溫柔的目視，更談不上禮貌和尊嚴，匆忙機械化的動作，只求結束工作，少了耐心和同理心，當然也倒盡胃口。其實食物燜久了應該也同一個味道，還挑什麼挑。

突然餐車撞擊椅座，轟然巨響，喊一句沒誠意的 Sorry，聽得刺耳，也只能祈求別撞壞了機體，讓我安全返家就好。

短時間內的強烈對比，或許讓我誇大了感受，但醫師誓詞裡，要求醫療不容許有任何宗教、國籍、種族、政見或地位的考量，適足以反躬自省。

飛行與醫療都仰賴專業，也都可能因長時間服務而疲乏，除了力保安全，仍應盡量注意到以人為本且一視同仁，尤其是基本的尊重和隱私，讓病人也都能快快樂樂的安心返家。

母親節

那雙緊盯的眼睛，衰老了、黯淡了，卻依然背後，依然無時無刻，湛然情深的投射著關愛和叮嚀，如天似海，渾然包覆。

那雙萬能的手掌，粗糙了、乏力了，卻依然左右，依然隨時隨地，堅定無我的提供著牽引和護持，如土似水，承擔負載。

因為母親，有了生命，抱著背著，開展人生；因為母親，學習生活，唸著教著，豐富生命。

今天是母親節，五月的第二個禮拜天，是一年中最溫馨的日子、最感恩的日子、也是最偉大的日子。謹以水彩下的九朵嫣紅康乃馨，祝福親愛的媽媽和全天下的母親，健康、快樂、平安、久久。媽媽，我愛妳。

遊園金萌

週五，天氣開始轉涼；週末，氣象預測百分之四十雨。嗯，應該是個補眠的好天氣，當然也可以悠閒的看看書。

週六一早，媳婦開門見山的說，昨天和兒子講好了要帶子系去木柵動物園，眼神望向坐在窗邊的兩位初老，清楚的在問，是跟還是不跟？

你的選擇呢？人家在問你呢。

若答「不跟」。那好，就謝謝再聯絡，一切從簡。自己窩在家裡聽風看雨，或許順便擦擦地板、抹抹桌子。

其實這種問題早腦補的演練過千百次了，又沒傻，又不呆，答案早刻印在腦迴裡了，要毫不猶豫的，充滿熱情的答「跟」。要搞清楚，這年頭只有遛兒女的，少有遛爸媽的，配角別搶燈光，跟著跑龍套就好。

答「跟」就對了，千萬別露出黏答答的姿態，要很自然的、未經深思熟慮的、與人為善的、配合度極高的、也有些勉為其難的回答，免得答案一制式化，人家下次就跳過不問了。

媳婦一定覺得這父耶上道，特別給子系套了件「我愛阿公」的T恤，在家裡當然抱緊緊，攬牢牢。出了門，可不能太招搖，若有人喊誰是那位阿公啊，一定也會左顧右盼的幫著找。

靠導航系統開車，由內湖經南港，再快速道路，很快下交流道，約半小時就到了。拜氣象預測下雨之賜，動物園對面停車場還有六百多個空位，精挑細選的終還是停在一個夾縫裡。

其實根本沒雨，一些漂泊的小雨絲，在帽緣剛掛上就乾了。很快的入園，先吃頓麥當勞填肚，真不簡單，還有什麼食物是三代都喊 yes，還都吃得意猶未盡。

參觀動物園，若只讓子系坐在低矮的娃娃車上，誠意在哪？每個圍欄都比車高，當然顧不得那「猜誰是父耶」的遊戲，就一把抱起來，邊看邊解釋，這是羚羊、這是烏龜。看得出來，那迷離的眼神跟在課堂上教免疫學的經驗差不多。但同樣的，重點不在懂，在參與。子系依然呵呵的笑個不停。

雨絲漸厚，大家商量著盡量看室內館，好主意，當然從善如流。但偏偏這園內今天來的全是英雄，硬是所見皆同，感覺好像在逛百貨公司週年慶一樣，唯一能做的，當然還是把子系攬牢牢。

看蜥蜴館，偶然看到穴裡透出的眼神，彷彿隨時準備尋短，充滿了空乏幽怨。走過去又折回來的拍下照片，牠根本沒動。這麼局促的籠子，有陽光、有水、有沙、有穴，好像一應俱全，但就是少了一味，少了那毋寧死的因子，是自由。

因此有了感觸，人類的有生之年，雖不知凡幾，但一定要盡量追尋自由和快樂。匆匆來去的忙碌，一樣的鬧鐘驚醒，一樣的交通上班，坐在一樣的桌前，做近乎一樣的事情，一樣的時間下班，吃飯、洗澡、睡覺，內心還帶著些許焦慮，這周而復始的人生，時空定格後，其實不也是框在籠內。

因此要尋覓那份初衷、解開束縛、破局思維，重要的是生活要有爆點、要有驚喜、要偶爾出軌，更重要的是要有自由，要快樂。

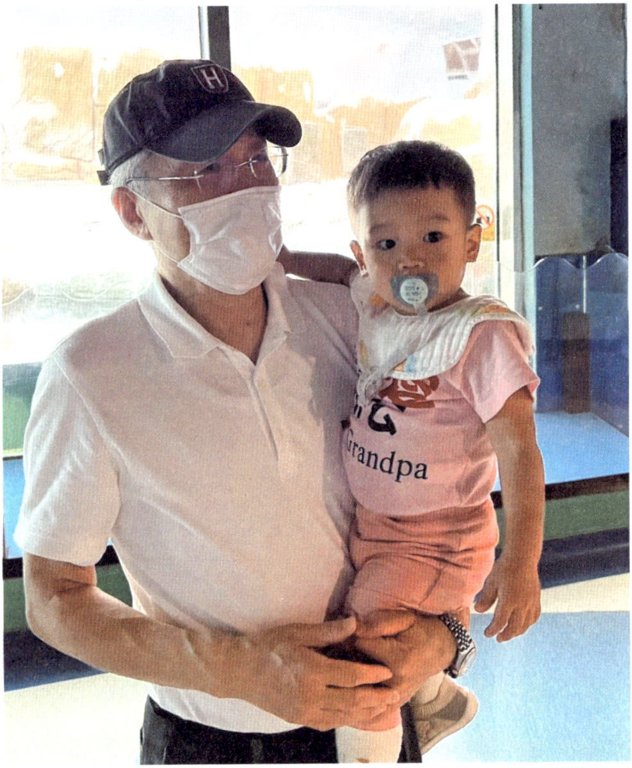
Grandpa

進入企鵝館，我跟子系說這是國王企鵝，牠本來應該生活在冰天雪地中（資料：攝氏零到十一．五度），但被送到了亞熱帶的籠內，冰塊冷氣製造了一樣的體感溫度，只是少了春夏秋冬，也沒有雪花飄飄，牆上一塊塊剝落的白漆，還真是冷得令人心涼。這碩大的國王企鵝該如何告訴牠的子系，冷氣房和石牆上漆畫的白雪，就是牠尷尬的一生。

兒子在喊，雨停了，陽光出來了，該回去了。我緊抱子系於胸前，巧妙的遮掩了「阿公」，只露出鮮紅的「愛」。

生命各有不同的旅程和際遇，但都是客製化珍貴的唯一，都難以複製，也都是不傳之祕。沒什麼好羨慕的，也沒什麼好憂煩的，就坦然面對所遇、享受所遇、珍惜所遇、感恩所遇。

臺南遊

週末赴臺南，參加風濕學會年會，下午並做了四十分鐘演講。本預劃要看奇美博物館，但南部的朋友熱情，非要約去看在地人的私密景點。

翌日一早，專車來接，先探漁光島，當然沒看到著名的夕陽，也無從踏浪。我沿著海堤走，非常訝異粼粼波光跟著腳步，我退它也退，我跑它跟著跑，到現在也沒想通，那麼應該是跟我的眼睛有關了，波光總在瞳孔和太陽間閃耀。所以，眼見的光鮮可能剎那間消退，當下的平淡也可能剎那間光鮮。更重要的是，這些光鮮亮麗或都只是自我的幻覺，不過一瞬一念之間。

再被載去看朱玖瑩先生故居，還真是孤陋寡聞。牆上寫著，朱先生是位書法家，民國前十四年（一八九八年，清光緒二十四年）生於湖南省長沙縣。朱先生追隨譚延闓先生鑽研顏真卿書法，是顏體嫡系傳人。猶記得小學時，老師說有顏真卿（豐腴飽滿）和柳公權（勁秀蒼逸）截然不同的兩體可習，自己好像比較喜歡顏體，因為看起來沉穩敦厚。

朱先生來臺退休後即居住於臺南安平，自號安平老人。引我矚目的是門前一幅對聯：「敢以退休忘國是、且拚餘力作書痴」。看到「退休」兩字，被電得觸目驚心，實在都不想進去了；但寓意倒還真是有些省思的空間，也嚮往能做個書痴多看看閒書。

午餐一碗麵，下午去看「安平樹屋」，門口標示七十歲以上門票半價，很高興的買了全票，因為自己實在年紀太輕。屋以樹為牆，以葉為瓦，浩大綿延的榕樹彷彿與石屋共生，鬚根肆意妄為、廣被深植。看板上對榕樹的形容「不材而寡伐，枝廣以蔭眾」，意味著「天生我材必有用」，以及「無用之用，是為大用」，發人深省。

據聞，此榕樹已升神格，樹靈感念在地人的守護，會庇蔭府城鄉親與來訪的遊客平安如意，深深吸了一口芬多精，也喃喃的自我介紹了一番。

順道看了一旁的英商德記洋行。根據網路上臺南研究資料庫的說明，清末，一八五八年（咸豐八年）「天津條約」簽訂後，臺灣被迫開放雞籠（基隆）、淡水、安平及打狗（高雄）四口通商，西方列強設立的貿易公司，即所謂的「洋行」。

查閱資料才知道，臺南安平有五大洋行，分別是：德記（英商）、怡記（英商）、和記（英商）、東興（德商）與唻記（美商）。目前僅剩德記洋行和東興洋行保存完整。德記洋行當年主要業務為出口糖、樟腦與茶業，並輸入鴉片。由此可見國家當年被列強宰割分食的無奈，更感恩現在得之不易的自由民主。

之後，再轉往鄭成功當年登陸臺灣的鹿耳門港，看到府城天險的大石碑。這裡就是西元一六六一年，鄭成功領軍渡海來臺，趕走荷蘭人，建立漢人政權的入口。想像當年的兵凶戰危、刀光劍影，真是天佑寶島。

走完虎形山公園後實在有點累了，心頭卻因充實滿盈而暖呼呼的。高鐵返北途中，仍可見一窗窗的山河美景，藍天綠地倏忽向後方奔去。

臺南的一日私房景點遊，豐富多彩，證明了臺南的確是歷史文化古城，更證明了友情的濃郁可貴。

作家余秋雨先生的智慧名言：「女人因優秀而孤獨，男人因孤獨而優秀。」似乎給沒朋友的人一個自我安慰的好藉口。但無論是否優秀，都應該盡量擺脫孤獨。《論語．子路篇》：「子曰：『君子和而不同，小人同而不和。』」亦即君子即使與人不同，也應做到和。古籍所載，皆先人智慧，句句箴言、字字珠璣，值得再三品味，不負一遊。

甜蜜

在醫院打完新款的新冠疫苗XBB後的第二天，突然覺得有些感冒症狀，喉頭乾乾的還流清鼻水，應該是疫苗反應，但想近來呼吸道病毒猖獗，門診病人罹病的此起彼落，也難保沒被傳染。

自己事小，但考量子系在家，又沒疫苗保護，就立馬戴上口罩，自我隔離，採完全不接觸政策。

其實也沒那麼緊張，因為本來早安排了子系回媳婦娘家三天，所以心頭警報雖震天價響，卻根本煽情不起來。

過去每當子系由親家回來，我都耳朵豎直了一晚上的等待。門鎖一響，絕對第一個衝出去抱接，日久成習。但這次回來，強忍住了，只聽到他「父耶父耶」

的在下面大喊著，卻如空谷童音，父耶冷酷的違約了，打破默契，只因為覺得不接觸對他較安全較好。

對別人的好，常在內心七折八轉，進退之間，不是每個人都懂，或許也沒想讓人懂，因為有時對別人好，未必是想讓人懂，懂了又如何？一廂情願的以為很好其實也挺窩心的，至少自我感覺良好。

就這樣不聞不問的避得遠遠。過兩天，覺得自己好些了，戴著口罩去看子系，他正坐在自己的高腳餐椅上，五天沒見，看到父耶，未料卻變得拘謹。他笑笑怯怯的看著我，深情晶亮的眼睛，剎那間，有久別重逢的矜持和猶豫，盯著看，彷彿在他那童真的世界裡，還是有一份難以坦然的狐疑，這曾經背信的傢伙，是否依然如故？

但這聰明可愛的孩子，旋即開懷大笑，笑聲從心底震爆。應該是確認那愛他的人，終究沒跑遠，仍在燈火闌珊處全心的呵護。

下了餐椅，他迅速奔爬上窗邊黑色的寬矮沙發，那是他喜歡的地方，也是我們一起玩耍的地方。可以翻滾、跳躍，可以趴著看窗外地上的車車和天上的飛機，相對舒適安全。每次他趴著，我就拍拍背，說「父耶拍拍，睡覺覺」；他若仰著，我就拿個靠墊放在小肚皮上說「父耶父耶蓋棉被」。他總是咯咯笑著，打從心底的開懷。

在沙發上，他一如以往，挺著小肚肚，躺平著踢腿，眼睛追鎖著我。猜他正測試這戴口罩的傢伙，是否如假包換，會不會行禮如儀的照步走；也或是要和最愛的父耶親熱親熱，一償思念。

但我仍然狠心的迴避，唯恐近距離的嬉鬧會傳染了什麼。他漸漸停慢了踢腿，目送父耶無情的遠離。

今天沒了症狀，應該痊癒了，我毫不客氣的衝過去抱起他，應該姿勢、溫度都對，他沒有猶豫，小手緊緊環著，頭埋在肩上，不許別人碰。媳婦說不要再演了，他跳下來，小手牽著我，搖著進了小房間裡。

小房間是二兒子的，他出國後空了，成為子系的遊戲區。他拿了商店送的六張小貼紙，重複的要我撕下來他再貼回去，專注且不厭其煩，並不斷喊著「謝謝ㄋㄧˋ」。成長本來自專注和不斷的練習，他也在自然渴望的學習中快速的進步著。

其實一直都冒著粉紅泡泡，只是用磁振造影的眼，切割著時間和心情，自作多情的在那想入非非。根本就只是小童剎那間的反應，我慢動作的定格捕捉，誇張的記錄著心頭的千迴百轉和甜蜜。

花花世界

《人醫之間》由天下文化出版，選了我的畫當封面，說看起來文學一點。那是一幅舞蝶迷香於似錦繁花的水彩。其實無論人間、診間不都是花花世界。

新書發表會上，就以「花若盛開、蝴蝶自來；蝴蝶不來、花自盛開；花開花落、寵辱不驚」做為開頭，是一種心境，帶著灑脫和寧靜。

臺北國際書展，人潮洶湧，無意間看到自己的兩本書慵懶的躺在那，儘管乏人眷顧，仍格外暖心，畢竟和波蘭女詩人辛波斯卡，和日本小說家村上春樹的書擠在一個屋簷下，著實令人心花怒放。

露臺上鋪灑的白色鵝卵石，昨夜仍靜靜默默的相擁著酣睡，今晨卻突然夾縫中竄出一朵豔紅的花，紅得放肆恣意、極盡奢華，用 PlantSnap 軟體查閱，是鳳仙花的一種。

其實應該是植物早就野在那，以為不過一株雜草，根本懶得理。清晨時分，或許雨露均霑，天時地利，就蹦跳出來，擺個花枝招展。蟄伏那麼久，一吐蕊就豔冠群芳，也真令人喜出望外。其實喜出望外多來自無心插柳，但無心只是沒有預期，卻並非不勞而獲，總得先勤於耕耘，誰知道當年是如何在石叢中忍辱負重、休養生息的。

種白水木的大盆裡雜開著幾朵淺粉色的小花，PlantSnap 顯示，應是紅花酢漿草，展現著規律嚴謹的生命，日出而作、日入而息，陽光普照，就燦然怒放；日落西山，就蜷伏歸隱，是那樣固執的依伴著陽光，不離不棄，即使大雨中淋濕了頭，低垂著像收了傘，陽光乍現，依然抖擻展顏，昂首問天，毫不忸怩作態。

所以你渴望的是花？是水？是陽光？是春泥？還是那對深情的眼睛？

而一旁桂花只是淡淡飄著香，不著色，也不著相，優雅閒適、無欲無爭。從窗內看著花形，讀著花語，聞著花香，看著朗朗乾坤和花花世界，恬然安逸、了無塵埃。

如果四季沒有秋

葉子落了，不知道何時，飄落在無人的長椅，也許倦了，靜靜的蜷伏著；也許冷了，默默的蹭些餘溫。

一葉知秋，綠葉黃了、紅了、枯了、落了，秋天來了。散在桌椅上孤伶伶的，觸目揪心。

葉子落下時，也許某處，一個花苞正在綻放，一隻小雞正在破殼，一個嬰兒正呱呱落地，一對情人正輕輕擁吻，一滴雨正滑落我的眼鏡，而這一剎那，所有的事情發生著，也都回不去了。每一秒鐘，世界在改變容貌，而我們徜徉其間。

秋天的連想，蕭瑟？寂寥？豐收？氣爽？就懂了！任何事情都有正反，就看態度，就看心境，就看取捨。

文學可以沒有散文，沒有小說，沒有戲劇，但如果四季沒有秋，就像文學沒有詩，沒了靈魂。

進入深秋，溫差變大，在光合作用下，葉內的葡萄糖和葉黃素合成花青素，花青素不斷增加，慢慢著色，於是就變成鮮紅的樹葉了。

葉片轉紅，應是花青素的作用，而花青素是在樹木準備放棄葉子時，才新合成出來的。葉片紅了，是樹要放棄的訊號；那人紅了呢？所以不必羨慕，不必嫉妒，也許紅了，是非就真的多起來了。

入秋之後，植物輸送養分的能力減弱，葡萄糖被留在葉片裡，於是甜度愈來愈高。是不是該混幾片秋天的葉子和鮮奶，掬一壺水，就微糖去冰的飲了。

如果四季沒有秋，就像未釀的酒，沒經過發酵，人們吞著酒精，空乏的醉了，卻無法在味蕾上、在生命中，蕩漾出花香、麥香、果香和心香。

我閒逛到小山上的一所大學，看到觸心的紅葉，知道進入晚秋，心境有了變化，就探索一下，貪婪的文畫並茂吧！

灰紅藍白黃

乘自強號東行，是個清冷的陰天，不自覺的凝望窗外，濛濛重重的雲靄，灰了蒼翠的遠山，也淡了稜線，迤邐著一幅水墨，渲染著秋天的清晨，醍醐灌頂著大地，也滋潤了心田。這漫天瑟瑟的涼意，映著心中的恬淡和寂靜。

背道而馳的房舍，在灰濛模糊的遠景下清晰脫塵。有些驚訝、有些啟發，像是在說，只有讓煩俗事都懵了，心頭的那一點塵埃才能拂淨。

就給一把灰青，讓我先灰了那些無聊背景，再等待雲開月明。

進入隧道，車窗外漆黑一片，窗內卻益發明亮。走過多少暗黑旅程，其實心頭始終是亮的，那一盞明燈，和踏過的每一步，都清清楚楚。也請再給我一把黑，灑向身外，讓內心更清朗透澈。

出了隧道，大海由左邊蹦跳出來，海天一色，僅交接處氤氳著白光，別以為那是盡頭，別以為海天相連，其實海只在目光所及波濤洶湧，而天浩瀚無垠，凝視著海的喧囂，再鬧，也不過茶壺風暴。

不斷湧起前仆後繼的還是灰，為什麼尋不到我心愛的藍，只有撲打而來的雪白浪花，在岸邊碎落一地中閃了一點藍。

轉了幾彎，海岸線曲折蜿蜒，浪也腳底天邊的忽近忽遠。車快速滑過，回首看那紛飛的浪花，今天有風，起得很高，但終得跌落下來，跌下來，還是相同的泡沫水痕。潮起潮落，誰不是如此這般的走過。

難道是窗外的灰，灰了心？哪會。那飄過的紅房、那偶瞥的藍水、那碎閃的白浪、那恣意的黃花，都不斷拂拭著心頭，抹去塵埃，也漾映著滿足的微笑。

回到初心，始終如一，行遠自邇，管他東南西北。

D.M. Chang '19

夜宴迷途

五對好朋友聚會，光喊話就半年，開始邀約也超過了一季，大家各有事忙，各有考量，喬個見面，竟變得如此困難。每個人都說作東，但就不見東風；都有誠意，總成不了局，這能怪誰？

突然起風了，約了開年後的第一個週二晚，興奮之餘，未經思索就答應了。因為好不容易約齊，再有問題，真不知道要拖到何年何月。

但靜下來想，週二明明有個下午診，常會拖到晚上六點，晚宴訂在六點半，還真有點緊迫。但答應了就不反悔，何況看診若能拚快一點，再叫輛計程車，嗯，應該來得及。

心想事成的時候，所有過程都鋪得簡單天真，彷彿一路貴人，必然逢凶化吉。雖經提醒，仍不以為意。

週二下午興沖沖的走進診間，卻暗叫一聲不妙，原來今天是電腦換新系統的第一天，大概認為開年第一天必定黃道吉日，且剛放完三天長假，大家本來就慵慵懶懶的，和這新系統絕對合拍，就算有個三長兩短，也有足夠耐心承受。

科裡知道老師脾氣急，還特別派了總醫師和最資深熟稔的護理師跟診。看這陣仗，覺得溫暖，卻也不免覺得有些小題大作。

開始了，電腦畫面上功能位置全換，過去的一個簡單動作，卻得在不同地方尋覓，加上顏色淡雅，宛如在測試醫師的臨場反應和視力，真是長江後浪推前浪的陰險設計。

不過，即使年輕的總醫師和護理師也在一旁比手畫腳，似乎也入門卡卡，看來不全然是年齡問題了。沒多久，系統又 down 了，真是心急如焚。兩位套著好像競選用的黃背心，遊走在外隨時待命的年輕工程師進來幫忙，一看就功力非凡，想必能起死回生。未料操弄半天的結論是關機重開，剛才打的病歷內容，全部升天。想想這能怪誰？畢竟人家專業，也埋怨不來。

心急卻說不出口，看診速度幾乎只有原來的一半，但又不能動氣，在場沒一個人該為此負責，醫院也必然有他更新的理由，更不能讓病人少說一點，說快一點，只因為等會兒要趕去吃飯。就這樣憋著氣在大家幫忙下，於六點半勉強結束。

下面總該順利了吧？臺北市很少有二十分鐘到不了的地方，何況是市中心的有名餐廳。早算好了要搭計程車，以運將的功力，應該不會遲到得太離譜。

但奇怪了，可能天晚，醫院周邊竟然連一輛排班計程車都沒有，天黑的早，天氣又冷，看到路上行人欲斷魂的模樣，開始有些著急了。突然遠遠來了一輛計程車，看起來開得歪歪扭扭的，可能在找客人。連忙揮手攔下，心想平日常做好事，節骨眼就是不同。上了車不但報上餐廳名，連地址都背誦了出來，這麼聰明的客人，應該讓運將感動又舒坦。

車在夜黑風高中急行，平面開了好一陣子卻突然上了高架道路，心想可能運將要趕時間所以加速前進，但一會兒又下了高架路，還來個大迴轉，那不是回頭了嗎？一臉疑惑壓低聲音禮貌的問，先生是不是開錯路了？司機大哥沒正面回答，只問「你來過沒有？」誠實的答沒有，他說就在前面，快到了。想是自己多

慮，人家可是專業，再問下去，既不會早到還壞了氣氛。

唯心中存疑，於是打開 Google Map，亮光一閃，居然和前面運將大哥的相互輝映，原來他也同樣正用手機在指路。這下緊張了，怎麼這麼巧，兩個路痴配一對。

他鑽進一條巷子，還是個夜市，說應該是左邊那棟白色大樓。抬頭一看，大樓陽臺上還吊著整排洗過的衣物。運將開過頭後，倏爾停了下來，說這裡是一七一號，要去的一七七號剛過。想才差三棟當然沒問題，付完錢跨下車剛站穩，車子就絕塵而去。這才發現是一七一號沒錯，卻不是那條街。此時已是晚上七點，電話打來，問人在哪裡，只能回：「快到了，你們先開始吧。」

開口問路！問了兩個店家，全然不知，一位理髮店熱心的老闆娘，竟棄正在燙髮的客人於不顧，跑到店外給我指點，臺灣最美的風景果然是人。但黑夜裡往虛空中遙遙的一指，真是盛情有餘，卻全然仙人指路。

人沒用了，這時候還是靠科技吧。Google Map 給了更具象的指示，東南方一百公尺左轉就到了。我看看天、看看地、看看擦肩而過的行人、看看遙遠的星空，回想著小學童軍課教的星象圖，開始猜哪裡是東南方。

就這樣瞎繞了半天，實在挫折，不得已的想起媽媽說的，迷路時要朝亮處走。回到大街上，再攔下一輛計程車，報出餐廳名稱地址，說應該就在附近了。運將說真的快到了，應該要右轉、右轉、再右轉。位置幾乎就在原點旁，只是東南搞成西北。這能怪誰？

七點二十分終於趕到了，大夥全都在等我，大概都已經各由小時候聊到未來。晚上吃個飯這麼戲劇化，只能和大夥道歉，但這能怪誰？

奇幻之旅

不斷滴落的雨，像垂不完的淚，在暗黑濕冷的夜，讓每個過客都急盼著成為歸人。

卻必須趕赴一個約，三個醫界好友，早敲定了在忠孝東路一段上的五星飯店見面。週五的下班時間，從內湖出發，估了一個小時的車程，下午五點半就出了巷口，應該綽綽有餘。遲到從來不是風格，從容瀟灑其實來自提早暖身。

高速公路的路肩綠燈亮著，就順著開，雖然雨刷聲有些擾人，但只花了十五分鐘就轉上了建國高架道，這條是每週去汀州門診的路，開了上千次吧！太熟了，得心應手的左閃右切，雖不快但沒停過，自豪的甩開了一堆生手，順利進入忠孝東路。

雨夜，暗黑得厲害，感覺只剩下車燈照明，慵慵的映著地上泛紅的淺波水紋。六點二十分迴轉到飯店停車場，比預定時間還早十分鐘，令人有些自得，預估執行都一流。

服務人員打著傘忙碌的指揮著車輛，特地走過來說：「先生，您的車較高，不能停電動車格，但地下室車位已滿，您可以等，也可以停到街道對面的特約飯店。」

明明到了後院，卻讓我停對街，怎能輕易中了調虎離山之計，但已到吃飯時間，也不知道還要等多久，就開問兩個關鍵問題。在哪？確定有車位？

您後照鏡就可以看到的白色建築。嗯，雨中確實模模糊糊的有那麼個影子，講清楚了要先直走、左轉、左轉、再左轉即可，也確定了還有車位。

巷子狹小，硬等下去，不但阻擋了可停電動車位的人，時間又很急迫，就決定走人。左左左的口訣確實管用，順利下了對街旅館停車場，還有三十來個位子，B1找了個寬敞的停妥，因為雨大了些，且還帶了預備送人剛出版的新書，雖然不過一條街距，想想還是開了行李箱拿了長傘備用。

其實應該也是個不錯的旅館，燈光明亮，設計新穎，就走到梯廳等電梯。可惜電梯沒有樓層燈，烏漆墨黑的也不知道它現在到底停在哪，想想只要爬段樓梯到一樓就出去了，爬一層樓根本小場面，那還杵在這傻等什麼。

電梯正對面就是個門，應該是樓梯間吧，剛好前面一個人推門進去了，等了一下，沒聽到慘叫聲，就跟著進去。但才耽擱了十秒吧，前面那人就不見了，順著樓梯往上爬，到達一平面，應該就是一樓了，左右兩邊各有一門，但都是鐵門，看不到外面，這時面臨選擇了，左邊的門邊有個感應器，手在前面一揮，門鎖喀嚓一聲，應該是開了，已經有點遲到，未及多想，就推門出去，門不總是通往想要去的地方。

門有機關，很快自動闔上，外面一片漆黑還飄著雨，心想應該是出了飯店，一切順遂，走快點最多遲到五分鐘，忍不住的欣喜。

卻是個很窄的庭院，大概三米寬，圍豎著約三米高的鐵柵，繞了一圈，完全出不去，居然是封閉式的，那就回頭吧，反正條條大路通羅馬。

雨沒停，左手撐著傘，還挾著兩本書，右手輕輕下壓門把，卻文風不動，再加力，依然卡死，根本是鎖上的。開始有些困惑和緊張，旁邊一個插卡機，閃著微弱的紅光，鐵門上隱現淡灰色的字，staff only（員工專用）。看來是要有門卡才能再進入飯店。

有些震驚，怎麼會有這種坑人的設計，能出不能進？我是要去赴宴的，不過停個車，居然孤伶伶的被困在這狹窄的空間裡，算是旅館裡面的外面，應該是專門給員工吸菸用的。

街燈映著急雨，還好是透天的，旁邊也是有空隙的柵欄，沒有太大的幽閉壓迫感，就冷靜的想該如何出去。

敲門？當然試了，但拳頭紅了，不同節奏也用了，只是可能因為在樓梯間的外面，顯然只是空谷跫音，完全不管用。

由柵欄上爬出去？核心肌群全振奮了，但三米高且下著雨，又西裝革履的，萬一失足掛在柵頂，明天保證頭條。

由柵欄間擠出去？約十五公分的間距，低頭自我打量一下，心知肚明，國中以前或許還可以。

看來一個人硬幹是不行了，只能向外求援。手機的發明應該也是為了這種場合，不然就真成了困獸。打給已到飯店的友人，很尷尬艱辛的說著令人難以置信的故事，回覆會立即啟動尋人。

又想到那停車服務員曾說，這飯店叫什麼什麼寓所來著，就 Google 寓所加路名，居然跳出來了，有地址有電話，就打到總機，告訴他們，門外鎖了個對面飯店的貴賓。

五星飯店的服務確實不同凡響，同時友人為了加速救人，也暴露了我的身分。唉，最擔心別人懷疑我的智商，傷害了團體聲譽。

一位女性服務員直接打了友人告知的手機，說立刻趕到，請原地等候，不要慌張。

約十分鐘後聽到敲門聲，一位年輕女性的聲音，輕柔的喊：「院長在嗎？」羞澀無奈的回說：「在。」

女生撐開傘笑容可掬的開門出來了，還溫馨的喊著不好意思、不好意思。衝過去想阻擋迅速回掩的門，卻已經來不及了，喀嚓一聲，門又鎖上了。

她還是滿臉笑容，如花似玉，我急著問，妳有卡嗎？當然沒有，她可是對面

飯店的員工。

嘆口氣，苦笑著說，剛才關一個，現在關一雙，而且現在一男一女關在飯店裡面的外面，就更難解釋了。

她撐著傘說，沒關係，找找看應該還有出口；我說不必了，已經找了好多遍了。燈光下是個清秀姑娘，尷尬的淋著雨互相蠢望著。我開始想，等下要如何簡明自然的重說這個故事。

幸好另一通電話有用，或許也不是第一次了，幾分鐘後，總機找了人來，那裡的員工推開門，冰冷的臉孔，毫無歉意，還露出一臉狐疑。懶得解釋，就快速向外衝，要趕快離開這個地方。

那姑娘也一直撐著傘，陪著我過馬路，再坐電梯一直把我送到飯店二樓餐廳口。其實人真沒看清楚，但深深的道了謝。

人生真充滿未知，彷彿算計精準、按部就班，卻可能突然落入深淵；以為素昧平生、萍水相逢，卻可能適時伸出援手。在這陰冷的雨夜有驚擾也有溫暖，是個不可多得的奇幻之旅。

是否紅過？

窗內，一杯熱拿鐵，在頭城小山巔上的咖啡館，年假裡，了無罣礙，完全的悠然自若。黑褐色咖啡的上方，有一片白色葉形奶泡拉花，細緻得讓人不忍吹彈，就停下來凝望。

窗外，映著晨曦，一棵高大的落羽松，迎風搖曳，孤伶伶的身影，披著鐵鏽色的風衣，在寒天中顯得清寂蕭瑟。

落羽松原產自北美，於一九〇〇年代引進臺灣。特色是十一月起會逐漸由綠轉黃，到了一月再由黃轉紅，因為色彩繽紛，且高大成群，落葉又如飛羽飄絮，乃成為秋冬不可錯過的風景。

羽松的一生，由綠而黃而紅而褐黑脫落，隨風飄逸，但，不論什麼顏色，依然搖曳生姿，從容的展現四季風采。

但也才一月，打老遠來，卻已落了紅，還一身髒舊，像披著簑衣的江上隱者，不禁想問，是否也曾紅過？像穿了蟒袍一樣的火紅？

落羽松的一生，周而復始；人生不也有起有落、有盛有衰、有悲有欣、有紅有黑，但重要的是，有始有終，和始終間的瀟灑快意，怡然自得。赴美得到象徵風濕科最高榮譽的大師獎，臺上一分鐘，臺下十年功，潮落潮起，不在乎落羽，在乎的是遐齡的松。

一棵褐黑黯淡的落羽松，觸動心弦，迎著灑落窗內的陽光，暖暖的彷彿又見它再披紅袍的英姿，深深啜飲，不破不立，碎散的奶泡，換得一口濃郁，和著心中的甘甜，哪在意它是否紅過，已漾染成漫天斑爛的色彩。

風雨同車

開完大半天的學術會議，下午一個人離開五樓會場，搭手扶電梯到一樓大廳，門廳窄小，原來是側門，可能颱風外圍環流的影響，門外下著大雨，還颳著會吹翻雨傘的風，走出去又被風雨逼回來。

繞到大廳正門，想叫輛計程車，門口卻早已有許多人排隊在等，但看起來進展緩慢，半天才來一輛，到處垂頭喪氣濕淋淋的少了份閒情。想與其傻乎乎的跟著大家站著等，還不如到街頭拚一下，或能恰巧碰上一輛，反而捷足先登，無論如何，總比安分守己的排隊等成功要來得機會高。

來的時候搭別人的順風車，那時候雨小，也沒帶傘，此刻就用剛發的大會紀念帆布袋頂在頭上向外衝，心想總能擋個八成濕，只要即時攔下一輛，等他們排到車，我早就到家了。

雨恣意的下著，夾著獵獵作響的風聲，因為風強，雨更顯得恣意，東南西北沒個規矩的亂灑一通，帆布袋濕得可以擰出水，因為有開口，裡面的文件紙都透明見光，寫的字也暈染得全糊了。

但街上灰茫茫的根本沒什麼車，一邊東張西望著腳卻沒停，踩跳著水窪過了兩個街口，竟然看不到一輛小黃，也沒什麼人，身上的西裝逐漸沉重，最終成了雨衣，包裹著狼狽的雨人，有些焦心，該何去何從。再沒什麼比判斷錯誤搞錯方向更燒心了。

回頭算了，再回會場門口重新排隊，但這一身水浸的形體，往隊伍裡一站，怕大家紛紛走避飛拋白眼，還得勞煩工作人員扛著拖把，圍堵鞋底迤邐流出的小河，更擔心一向自豪的腦袋瓜被譏秀逗，丟人現眼。反正做事從不回頭，頭都濕了，就繼續洗下去。

一路向前，卻止不住的頻頻回首，總期盼後面跟來一輛車，輕按兩聲喇叭，溫柔的說，先生去哪？偏偏雨下得大，車開得疾，躲水坑、閃噴濺，顧著頭上的帆布袋，還得顧著擦得黑亮卻愈來愈重的牛津鞋。

根本無人搭理，只有風雨殷勤的照顧著，風呼嘯而過，雨全擁抱入懷。

人生就有這麼尷尬的時刻，熙來攘往的人群倏忽間鳥獸散，突然感受風吹雨打，突然覺得唯我獨尊，卻也突然覺得孤伶無助。無法想像此刻街頭徬徨，不知前後左右的茫然。

曾四度獲得普立茲獎的美國詩人羅伯特・佛洛斯特（Robert Frost）曾說，黃樹林裡分叉了兩條路，我選擇了人煙較少的那條，而它使得一切因此不同。雨是不會停了，此刻已經濕得很與眾不同了，不能再往僻靜的小巷鑽了，就隨俗的往人多車多的地方去吧，人生總不斷面對選擇，錯一就不能錯二。

遠處，一輛閃著空車紅燈的小黃向我疾馳而來。那紅燈，在滂沱大雨中，就像雪地裡的營火，人整個暖熱起來。車緩緩滑過水波停在身邊，先抖落一身的濕，小心蹭進車內，素昧平生的中年駕駛，回轉過頭，略帶疑惑的說，先生，這種天氣出門不帶傘啊？

笑笑未回，天有不測風雲，哪有下雨就剛好有傘，若帶了傘哪有你我這段同車渡的因緣。

坐在車內，靜看街頭疾奔的行人，沒有雨衣，沒有傘，甚至還沒有我濕透的帆布袋，只能祝福，都能即時等到那輛載往柳暗花明又一村的車。

捨不得剝開的橘子

這顆橘子，遞過來的時候，感覺就不太一樣，晶瑩剔透、飽滿圓潤，表層彷彿閃浮著流動的光。高興的收了，揣在白袍裡帶回家，就放在那裡看著，捨不得剝開。

今天是二月二十日，下午門診，兩位比丘尼又連袂而來，大約都三十來歲，著棕黃色袈裟，曾好奇問過，原來是佛光山臺北道場的出家人。行進間步履輕盈、一身清朗，但還是帶著些許年少的靦腆，畢竟涉世未深、出塵已久。

稍矮的膚質透白，珠圓玉潤的像一尊卡通小佛，看起來秀眉善目，總淺淺的笑，話少。大約一年前診斷為僵直性脊椎炎，由於道場裡，清晨即起的佛事，唸經、打掃，確實經歷了一些苦痛。治療後已明顯改善，活動自如，持慢性病連續處方箋，三個月追蹤一次即可。

另一位則反差甚大，個子較高，皮膚黝黑，外型威健，清瘦如玉樹臨風，個性卻活潑開朗，話多，扮演發言人的角色，還不時耍個頑皮動作，開個小玩笑，毫無罣礙的陪著同參。

對茹素且經文灌流的出家人，感覺都散放著琉璃光，一向敬重，也樂於護持。每次來，一般生活的對話，常旁敲佛法，其實無論宗教，終是談人生的道理和方向，總能增長智慧見聞。

臨出診間，高瘦個子略退半步，一旋身，懷裡掏出一枚橘子放在桌上。再重複一遍，「感覺就不太一樣，晶瑩剔透、飽滿圓潤，表層彷彿閃浮著流動的光。」

因為來自佛光山道場，竟隨口說出：「是星雲大師送我的？」

星雲大師二月五日圓寂，一代宗師，深受敬重。「如果現在星雲大師來送給你，你會嚇死。」她調皮的嫣然一笑。但立即再補上一句：「我代表星雲大師送來的，你別擔心。」

感覺明亮溫暖，如受加持，也並非全在星雲大師的法號名望，而是那一份童真的赤子之心。

一枚橙黃橘子，揣在白袍裡，無論如何帶回家，看著，捨不得剝開。

這幅畫其實是治療類風濕性關節炎藥物廣告上的點子，意思是用藥貴在即時，否則金玉其外、敗絮其中，疾病生了根，再處理就複雜了。但加上變化的色彩，換了手型，寓意或許就又不同了。

捨得剝開的橘子

今天是二月二十七日，橘子放在桌上七天了，就算是禪七也打完了，就算是頭七也做過了，食物終於還是該完成它的使命，總不能一直放在那，暴殄天物，等它乾了、皺了、酸了、爛了，然後丟了，那還不如吃了。捨不得也得捨得。

老同事在臉書上看了照片就給了「是茂谷柑」四個字。有影無？查閱網路知識，此橘為美國佛羅里達州邁阿密農業試驗所，由號稱世界柑橘大師的施溫格氏（Swingle），於一九一三年與其同儕，以寬皮柑與甜橙雜交選育出來的品種，復由臺灣大學園藝系退休教授林樸先生於民國六十年代從美國佛州引進，並試種成功。取名茂谷柑，應該是由英文 Murcott（試種成功者 Charles Murcott Smith）音譯而來，當然同時也有茂滿山谷的期許吧。

茂谷柑據稱皮薄多汁，果肉細緻，且糖度高，約為11～15Brix，酸度則僅0.6～1.0%。Brix指的是一百克含糖溶液中，固體物質的溶解克數。通常利用糖液的折光率來測量糖度。11～15Brix的甜度大約等同愛文芒果，入口感覺像喝了半糖飲料。

平日吃橘子，習慣用拇指由橘頭上強行掐入硬扯，也就開了。但這橘子是有故事的，也有感情了，就斯文一點的別胡來。

那該像剝柚子一樣用刀劃開嗎？可能比較整齊，傷口較小。但既然皮薄，這一刀下去，又難免皮開肉綻。可能想太多了，為何不像對待其他橘子一樣呢？不是對眾生都不該有差別嗎？

於是收了心，就生剝了它，當然也想感受一下，這枚或許有靈性的柑橘，會不會有不同的反應，滾遠？抗拒？還是默不吭聲的捨身。

其實下手時還是謹慎了些，所以我上醫學倫理課時，已不說視病如親，因為若是親屬，反而常為情所困，瞻前顧後的左右為難；上課時也不說視病如己，因為醫師對自己常得過且過，反而馬虎大意，未必最佳；因此我說視病如友，不但可用在個人和疾病的相處上，也是醫病間非常健康友善的關係。尤其下手時，可以六親不認的照著標準程序，一點也不會拖泥帶水。但剝這枚橘子，還是留了三分勁，畢竟是星雲大師託徒兒們送來的。

橘子剝開了，皮還真的薄，就一層紙厚，還黏得挺緊的。小心撕下來，果肉飽滿豐潤，甜香四溢，看來的確是茂谷柑無誤。都剝成這樣了，想還原也不成了，吃了果腹應是最好結局，捏了幾瓣吞了，真是甜到心坎裡。

此柑當年不知在哪裡發芽、生長、成熟、摘落，又怎麼到了比丘尼的手中，輾轉奔來，擺了七天，終於走完一生，成就一段令人回味的美好因緣。捨不得也得捨得。

剝下的橘皮

不是閒著無聊的騷人墨客，老糾纏著一枚橘子翻騰，實在是受不得激，無法按捺一顆躍躍欲試的心。

「橘子不剝能寫，剝了也能寫，現在剩下橘子皮了，還能寫嗎？」

被這樣挑問，能就算了？

若真算了，那不就等於承認有了天花板？

其實剩下的橘皮，早就隨手捲成一團和著幾顆種籽丟了。不就個皮嘛，當初根本沒在意，剝時就求個痛快，剝完了再見都沒說，現在是要怎麼拿出來寫啊？

這枚橘子也不可能再傳宗接代了，就算傳下去，還不知道要多少年才能長成大樹；就算十年後成了樹，還不知道能不能結果；就算結了果，也不知道甜不甜；就算甜，也未必會有人送給我；就算又送給我，也不會知道是不是來自那枚；就算剛好是那枚，也未必還有感覺；就算有感覺，其實也早人事皆非。那還在這裡琢磨個什麼勁？

扒了皮，當然就要準備吃肉了，都只會讚賞果實甜美，有人在乎皮嗎？我也只不過講了聲皮薄而已，講皮薄是讚美皮嗎？好像也不是，只是少費點勁兒去吃它，別在那礙事。根本沒時間去管那層皮，歪七扭八又皺巴巴的，早置諸腦後了。但若人被說皮厚，當然不是恭維，應該是寡廉鮮恥的意思；若說皮薄，又好像怯懦害羞的模樣，總之，皮之厚薄還是少提為妙。

其實皮之不存，橘將焉附。皮還真是具保護作用的，連著皮吃橘子的應該不多，所以就橘子的立場，有皮真好，沒了皮，下場應該也就可想而知了，誰會留著個沒皮的橘子擺著光看。

你是別人的皮嗎？還是皮裡面的肉？

做皮，包著肉時，是光鮮亮麗的招蜂引蝶，讓包著的肉寢食難安；還是面目猙獰的一夫當關，在所不惜的護著包著的肉？

做肉，被皮包著時，有體恤過皮嗎？還是常嫌它太薄、太厚、太皺巴、太耀眼？

人何嘗不是靠層皮，具象的皮膚，可是人體最大器官，至少具有保護、感覺、調溫、呼吸、分泌、吸收、排泄等七大作用。無論全身性紅斑性狼瘡、皮肌炎、硬皮症、血管炎等自體免疫疾病，皮膚都會顯現一定的表徵，只擔心視而不見而已。

抽象的皮，更是傳神，豹死留皮，人死留名。好像這皮還跟名聲有關。既然橘死留皮沒多大意義，那人和豹留名、留皮的意義又在哪呢？

進入胃腸的橘肉，就像進入歷史長河中的人，其實都一縷青煙。而剝下的橘皮，你要我去找，也只能翻翻垃圾桶或掩埋場；若要找人皮，還真不知道去哪，運氣好的話，翻翻歷史課本，但翻到了又如何？那遙遠的名，早已沒了溫度，還攪和著一堆的同名同姓。所以就放過那剝下的橘皮和人皮吧，畢竟已嚐過甜美。

健檢

通知年度健檢，即使自我感覺良好，潛意識裡，似仍覺得應該儀式性的完成。

安排好就去了，換了受檢服，跟著護理師走。先量身高、體重、血壓、脈搏。應該是新儀器，要求站上去面對它。以前都是背靠著長桿，由頭上方落下一塊板子，壓到頭就得出身高。這會兒剛站好，還搞不清楚狀況，完全無感下，那會兒已報出了數字，身高硬生生的少了一公分，這可是會留紀錄的，本錢不足，當然錙銖必較，當場高聲抗議，根本還沒準備好啊！

量身高要準備？話出口了也有點不好意思。護理師摸摸鼻子，心中一定很多OS。既然碰上奧客，只得再量一次，並善良的點出撇步，一定要抬頭挺胸。

挺不挺胸當然不重要，重要的應該是抬頭引頸。準備過了再量，果然不負眾望的多了一公分，護理師大聲的唸了出來，反正也是沒本生意，不離譜就乾脆順水人情。

之後要抽血檢驗，擺了一排管子，不太敢看。綁好止血帶，擦完酒精，撇開頭屏住氣，正全神貫注的繃緊神經，這護理師突然開口問起孫子，剛得意的噗哧一聲，那邊就進針了，抽個血還耍心機，心中一陣悻悻然，但嘴角還是飄著悠遠的笑意，也真不那麼痛了。

會診完五官科，跟著做心電圖。留馬尾的女性醫檢師走進來，瞄著已先躺平的我，板著臉以命令的口吻很酷的說，上衣拉高。人躺著少了氣勢，光天化日下也只有敞開胸膛。正窩囊著呢，她居然開口，沒想到今天能看到偶像本人，我是您的臉書粉絲。急切的想扯個被單遮羞，但四肢都綁著電極，只能尷尬的看著屋頂的燈。

接著被帶去心臟超音波室，以前從沒做過，因為根本沒症狀，但同意該防範未然，等有了症狀就麻煩了。檢查室燈光暗暗的，還拉上簾子，技師也是位年輕女性，塗了加熱凝膠的探頭，一邊掃描著左胸，一邊莫名的甜笑，即使隔著口罩也感覺得到。詫異的四目相接後，一開口，又是：「我有追蹤您的臉書，好喜歡您的畫。」再接著說：「走廊上的畫展您有看嗎？」點點頭，「經過時看過幾幅。」我應和著。她很高興的說：「我喜歡那幅燦爛夕陽。」微熱探頭在左胸上來回奔跳，抑揚頓挫的隨著她歡喜的音調，不知我的血流是否也規矩的環繞。

走路仍然飛快，護理師跟著有點喘，問我要不要搭電梯。搖搖頭，電梯要等，當然走路，她也就一直默默的陪著、引導著。

接著趕去肺功能室，和二十年前是同樣一人，歲月碾壓下的容顏雖然老去，依舊高興的打了招呼。回應卻有些冷漠，只制式的喊著吸氣吐氣。生活的壓力下，或許不是每個人都對過去有著留戀。再到電腦斷層室，和迎面而來的技師說，你瘦了，他回說得了甲狀腺亢進，再點點頭笑著離開。

這一路上去了許多站，也見到許多老朋友，或許某個時間點，有緣的就會再跳出來相聚。而一路前行的生命，卻各自染了不同的顏色，無論絢麗平淡，其實都獨特傳奇。

終於結束了，鬆了口氣。早上的功課做完了，是身體的健檢，也是心靈的饗宴。往事如煙，卻歷歷在目。滄海桑田，很多事情都變了，反而是人沒變，即使在年華中老了容顏，但都保留著原本的善良和溫度，總在燈火闌珊處等待著重逢。世界轉動著，在忙碌、生死、焦慮、喜樂間前行，但朋友總在轉角處適時伸手，讓人生充滿了希望溫暖，讓體檢後的自己更有信心，再投入人生戰場，去服務更多需要幫助的人。

健身教練

我不能回家，除非教練出門；我不能坐著吃，除非教練也在吃；我不能看報紙，除非教練正專心看電視；坦白說，我不能和他對上眼，甚至發出一點聲音，除非教練睡了，否則一定會被拉著健身。

哪有這麼認真的教練，坦白說真有點鴨霸，但就算認真鴨霸，怎可能隨時開課？而且怎麼會隨手就有健身器材？

原來教練開課完全不拘形式場地，且都自備健身器材，全程一對一教學。教練知道我懶得動，就怕我偷懶，萬一來個肌少症，他有責任，因此稍有推拖，馬上大聲呼喝，瞪圓了眼睛，非練不可，而且不准停。

教練只要看我坐著，就會把我由坐著的地方拉起來，他會用右手緊抓，重心向後，蹲下身子，左腿微彎，右腿伸直，像一把張滿的弓，嘴裡不斷示警的哼著，好像是說別再混了。

以為就只是起身牽個手散步嗎？才剛十指緊扣，覺得暖暖甜甜的，就幾步路，到了空曠處，教練立刻兩手高舉，腳尖微踮，面露俏皮，眼神透著期待和堅持。

以為舉手投降了？到此為止了？其實只是引體向上的起手式，非要學員立刻舉重健身。

這下該懂了，教練為了不浪費時間，犧牲自己當健身器材，投懷送抱，捨身取義，一切單純只是為了學員好，簡單說，就是得把教練舉起來抱緊緊。

教練更想得周到，顧及學員不能只練上半身，會要求不能坐著或立著不動，要不斷走動，這樣下肢才能一併練得均衡。

這也就算了，但不知道何時起，教練還要求運動要和娛樂結合，也許是為了增強學員肺活量，得一面走動，一面唱歌。若能唱教練尬意的歌，如「娃娃國，娃娃兵，金髮藍眼睛……」，教練就多半會面露滿意，瞇著眼咯咯的笑，加分不算，會給個緊緊的擁抱當獎勵，腳丫子還勾纏得緊緊的。

若對歌曲或姿勢不滿意，教練就一路哼哼呀呀的全身扭動，學員練身練得面子都沒了，只能不斷換歌，或是急智編曲，務必讓教練笑逐顏開。幸好教練笑點低，通常東拉西扯也就過關了，重點是氣氛，有沒用心，教練感覺得出來。

雖然經常練得全身痠痛，但想想教練的一片苦心，咬咬牙也就過了。尤其當你回家、吃東西、看報紙、眼睛流轉、一舉一動，都有人緊盯著且有所期待，那真是一種甜蜜的負擔。

其實也不知道是教練想找我健身，還是我想找教練健身，我們是經常抱緊緊的互相砥礪，我愛我的教練，願意配合他持續健身。

繪畫與風濕病

人工智慧已堂而皇之的進入各領域，犀利的武器少了限制，當然摧枯拉朽的征服。

即使是繪畫藝術，這麼手工的領域也戰戰兢兢，若論精準度和穩定度，人類當然難以望其項背，但藝術就是需要那麼一點粗心、一點失手、一點隨興、一點莫名其妙，才能嘆為觀止，才能留下會心與傳世的韻味，從而擺脫機器的模仿和追隨。

以目前人工智慧的電腦科技，還畫不出那抹稍縱即逝的神采，尤其是眼睛裡的愛恨情仇，甚至更進一步的曖昧、嫉妒、輕蔑、無奈、挑逗或渴望。

一八七二年，皮膚科醫師卡波西（Moritz Kaposi）為狼瘡病人畫了一幅傳世的畫，著重在面頰上如狼咬過的痕跡，即所謂的蝴蝶斑，也一直是我上狼瘡課的封面。

一直想為狼瘡病人畫一幅，無意間看到原圖，喜歡她的眼神，就率爾開筆。但畫狼不成反類犬，實在是畫得有夠莫名其妙的傷心。顯然藝術仍然要不斷的揣摩學習，真不是一蹴可幾的。

無須言語，給個眼神你就懂，眼神裡的複雜情緒，是經驗的積累，是歲月的痕跡，有歡喜傷痛的各種組合，那一閃即逝的冷芒，讀來或許是一個字、一個詞、一句話、一則故事。這意涵若能畫出來，就不知需要多少功力。

這幅畫，基本上以黃、藍兩色為主調，一開始在面頰處用了過多的紅色，有些怵目驚心，抹淡了看得舒服些，這不也正是病人的心態，紅斑淡了會舒服些。

不會處理頭髮，又不想跟原圖一樣戴頂帽子，但胡亂披下來整個就狼狽了。這或正是許多受落髮之苦的狼瘡病友的心頭之痛。原來畫畫還有這層好處，筆不順暢處常也是病友心中的糾結和痛楚。醫療病人，不也正是觀察她們的面容，是否更平和輕鬆兼賞心悅目。

最後再撒上藍色，讓憂鬱的氛圍瀰漫，畢竟對年輕的生命是個惱人的疾病。四隻蝴蝶，是疾病的象徵，也是人生中奮力突圍的手法，要將苦難當成養分，即使溺水，不也雙手拚命滑動，雙腳猛烈踢踏，一定會撥雲見日爭出一口氣，也讓烙印的蝴蝶，翩翩起舞，舞出輕安自在的人生。

在人生旅程中欣悅走踏

連假，一早起床，要做什麼該去哪？懶得多想，漱洗著裝完畢，精神煥發、抖擻俐落，等著被安排。

兒子提議去動物園，雖然知道不是被遛達的主角，也早失去了看虎豹獅象的興趣，但依然欣快同意，露出深得我心的微笑。

因為媳婦必然先點過頭，此時搖頭也是白搭，且已比說去兒童樂園來得柔和體貼，更能說服自己，尚且若是應和慢了，可能只剩留在家裡看報。

負責開車，載著心愛的家人，尤其安全椅裡綁著的小傢伙。還在牙牙學語，見誰都是「欸」，還喊很大聲，很霸氣。其實能給個招呼，就上了顏色，高興得手舞足蹈。從小投緣感情好，老遠爬過來，纏著討抱，當然不能讓他失望，平日勤練深蹲拉單槓，還不就為了此時做個稱職的轎夫。

前年生，是隻小老虎，渾圓的腦袋、肥壯的肉腿、有力的手指、可愛的笑容，大家輪流抱著推著，還等不及趕到熱帶雨林區看老虎，小虎就已先酣然入睡。其實老虎也躲在穴裡睡，可能太熱，可能太悶，可能不知道我們要來，可能王不見王，可能屬虎的都愛睡。反正沒真正打到照面，勉強和廣告牌上的虎影合照，總留個存證，父耶當年確曾陪著子系入園看虎。

偶爾照鏡子，某個角度，仍然依稀會看到過世的父親，他還沒從我的腦海消失，一抬頭一側身，總有他的影子。不知道為什麼，他在世時，從沒感覺像他，此刻，才覺得真是父子，也因為像他覺得高興，原來他沒有真的離開，原來人是這樣的永垂不朽。

我仍然常去海邊，在那裡獲得勇氣和智慧，無論是碧藍的天、灰霾的天、下雨的天、起風的天，父親長眠的地方，是我內心最恬和平靜的所在。即使年歲再長，依然是父親的兒子，總覺得受教得不足，學習得不夠，人生的千變萬化，怎年輕人摸索得來。

小時候爸也會帶我去圓山動物園，由微薄的薪水，買好幾張門票，即使所費不貲，還是常去，因為看動物總讓我們高興，爸爸就也開心。我爺爺沒帶我去過，不知道是否帶爸爸去過，他六十來歲就留個白長鬍子，穿著海青色袍褂，喜歡倚老賣老，有太多子女，更多的孫兒，他吟詩作詞，根本沒時間理我們，但倒是不常弄錯名字，當然得歸功其甚具先見之明。

因為那時名字都用族譜排行，第一、二個字鐵定不會錯，第三個字，爺爺不知是沒太用心還是早有居心，就用朝代排，元、明、清、中、國，一路順風，但直疏懶到第六個孫子就亂了套，爺爺一定後悔沒由堯舜禹湯開始。現在兒孫少，每個都寶貝，少子化下都成了天之驕子，每家頂多一、兩個，叫錯名字的機會更低，若真叫錯了，不是該看醫生就是該吃藥。

我仍然記得童年，碩大的老虎在鐵籠裡來回踱步，咆哮焦躁的走，空間狹小的像杵在公寓的陽臺上，糞便和肉塊散在籠裡，近在咫尺的人群，隔著鐵網指指點點，像在櫥窗外挑衣服。現在的動物園，大到大家都探頭探腦的找動物，但虎有虎權，也只能任著牠窩在穴裡懶得會客。這應該也是柵欄外要擺張老虎照片的原因，總得讓人存證至少來過有個交代。

思緒亂了，走了八公里的路，有些累，但不該古往今來的胡思妄想，要認真一點，不然下次不約你來，或約你去兒童樂園，那又得以返老還童、童叟無欺說服自己，絕對是善意孝心，仍然要搶著舉手報名。

突然想到，清明節與兒童節擺在一起，還連著放個長假，實在太有創意，相當有哏。生命的意義本在創造宇宙繼起的生命，故不但要慎終追遠，更當承先啟後，在孫子、兒子、父親、爺爺的人生旅程中，欣悅走踏，幸福快樂的扮演好每個角色。

輯二

診間百態

未飲已醉

每次總由女兒陪著母親來看診，今天才知道女兒的女兒也是我的病人，三個人血脈相連，卻有著不同的姓氏，不明說還真難牽在一起，但能看三代，也應該是難得的機緣與愉快的經驗。

老太太已經九十歲了，感覺保養得相當不錯，皮膚白皙，雖然免不了烙著皺紋，並飄灑了些暗褐色的老人斑，但兩隻眼睛卻仍銳利有神，花白頭髮也梳理得整齊，在後腦杓紮了個髻，最顯眼的，是穿了一件粉紅色棉襖，自然流露著世家氣息。

老人家罹患乾癬有一陣子了，在手臂、身軀上散布著血紅色突起的小斑塊，上面還層捲著厚實的銀屑。目前僅用滅殺除癌錠（ＭＴＸ）每週三顆治療，效果良好，病情也非常穩定。

上週來，發炎指數（CRP）突然略為上升，就例行性的詢問有沒有什麼特殊狀況。女兒說，要過年了，她最忙。

年逾九十，不是都該養尊處優、兒孫滿堂的承歡膝下，有何可忙，還能忙到病情起了變化。

女兒說，老人家是浙江人，每年仍要自釀老酒，做魚丸給鄰里故舊，常供不應求，積習難改卻也樂此不疲。

老太太眉飛色舞接著說，從年輕開始做，老酒可是紹興酒的釀法，做菜自飲兩相宜。我說那不是私釀嗎？她回又不賣錢，大家都說好喝，就釀了送人。魚丸更是貨真價實的鰻魚丸。不得不佩服其老當益壯，手藝傳承兼造福鄰里。

根據維基百科，紹興酒大略上是以精白糯米，用小麥做的麴，加上鑑湖泉水蒸餾釀造，酒精濃度在十四至十八度左右。一九四九年埔里酒廠開始研發紹興酒，選用臺灣最優質的糯米、蓬萊米與小麥，佐以純淨愛蘭甘泉水，於一九五三年推出臺灣第一瓶紹興酒，現在好像已不太容易買到。

今天下午門診，女兒特地專程跑來，帶了兩瓶老酒和一包鰻魚丸，說媽媽一再叮囑要送來的。酒色如同琥珀，放在約翰走路威士忌的舊瓶中，老人家的心意實在難以拒絕，雖然一向不喝酒，但晚上何妨淺嚐，再配上幾顆雪白的鰻魚丸，這樣的溫情，未飲已醉。

人間煙火

五十六歲，全身性紅斑性狼瘡婦人，在門診即將結束前氣喘吁吁的衝進來，鞋前塵土飛揚，鞋後一縷青煙，頭髮濕漉漉的捲纏披散著，驚魂未甫的滑入室內，再即時煞車在診椅前。

說一早帶兩個內孫，兩個外孫共五人出遊，玩得筋疲力竭，回家後先給他們洗個澡，搞定四童後，自己也很快的沖涼，頭髮都來不及吹乾，就匆忙趕過來。講得理直氣壯。

電腦裡的檢驗結果，補體C3、C4明顯下滑，表示病情似乎有些活躍。也不待詢問，眼神交換後，她就一五一十的從實招來了。

通常門診，當病人的病情明顯好轉或明顯變差時，都會習慣性的問為什麼，一定要病人反省後說個大概，不是個人好奇，而是讓病人體會該如何生活對病情才最有利。抓對了節奏，只要長此以往，病情也就穩穩當當。這就是與疾病和平共處的最好方法。

她先吁了一口氣，再娓娓道來。原來兒女都已各自成家，也分別有兩個孩子。但適逢暑假，年輕人仍得上班，四個孫子外孫就只有交給她帶，成了日間托兒所。通常晚上都會接回去，只是有時拖太晚了，就在她家睡一宿。

她本來單獨和自己高齡九十三歲的媽媽住。四個孫子中三個是女生，一定要跟她這個阿媽睡，另一個小男生，則跟九十三歲的阿祖睡。感覺是個凝聚力強的和樂家庭，但似乎老一輩仍有重男輕女的觀念，阿祖一定要摟著金曾孫，當然這只是我心中飄過的念頭。不過小房間裡，能擠入四代，聽來就覺得非常溫馨。

她其實已經很疲憊了，但臉上始終洋溢著笑容，是很滿足快樂的笑容。然後才又低聲的說，下個月他們開學後就都要回去了，這個月讓我拚一下，下個月休息好檢驗數字就會漂亮了。

看著這位頭髮未乾的阿媽憨憨的笑容，想著反正病情也只差一點點，天倫之樂何其珍貴，這時候就別再白目的放那卷八股錄音帶，掃興的說什麼要早睡、要輕鬆、少出門、少勞累那種不食人間煙火的建議了。

於是點點頭，咱們下月見。

九九久久

九十九歲老太太，清臞瘦小，每次讚嘆她九九久久，都回其實當初少報了年齡，那麼意思就是應該已經過百了，也似乎對九九仍感不足。

老太太行動自如，只是慢了些，目明但耳不聰，尤其左耳重聽，每次進診間都靠眼神和嘴型打招呼。因為診桌緊靠左邊牆壁，診椅在右邊，病人進來是左耳對著我，因此講話常有聽沒懂，總需要護理同仁附在她右耳旁大聲喊話。

也不知到底聽進去多少，總點點頭再搖搖頭，卻不斷喊著：「院長你要幫幫我。」或對著年輕護理同仁喊：「劉姊妳幫幫我。」嗯，五官都老了但嘴巴得甜，即使年過百歲，兄姊多些也沒壞處。

每次都一個人緩緩的走進來，說有個女兒住在國外，所以獨居，自己坐公車由信義區來，想這一路上的顛簸，真是很不簡單了。但信義區，那可是天龍國裡的天龍區，能住在那，想必家底豐厚、衣食無虞。

早開了慢性病連續處方箋，但每三個月還是得見次面，也曾想協調社區藥局送藥，幫她解決長途跋涉的問題，但又想反正眼明體健，能讓她活動活動也好，至少動動頭腦筋骨，還有幾個人能短暫陪聊。

也曾請醫院的社工看可否協助，幫她找個榮民之家安頓好有人照料，但據知社工和她討論後，結論是仍有兒女，在信義區有房產和存款，且也無意願搬到較為偏遠的榮家而作罷。

這次來，遊走各科的護理同仁已先聽聞，老太太信義區的房子已過戶給女兒，自己在醫院旁租屋，好方便就診。但無論住哪，就都是一個人的武林。

看病其實不費時，費時的是中間的傳譯，一邊嚷嚷，一邊附耳，來來回回好不容易搞定後，這時老太太又從懷裡掏出一張通知單，對著護理同仁說，「劉姊妳看看。」

原來是因為某天急診時吃了醫院供餐，當時未繳伙食費，有一張欠款一百五十元的催繳通知單，她不知道如何處理。當然清楚這是公家機關處理欠款必要的流程，自己和在場的眾人其實都想替她繳了算了，但也知道她並非沒錢，只是可能不諳流程而已。

不知道怎麼著，應該是診間門已開了，且喊的聲音實在太大，外面坐等的病人都聽到了，引起一陣騷動，知道是百歲人瑞，大家都想伸手協助，然後據說是有其他病人拿了那張單子就下樓幫她繳清了，老太太也一再感謝。

內心讚嘆，臺灣最美麗的風景果然是人，這真是充滿敦厚人情味的溫暖地方。「故人不獨親其親，不獨子其子。使老有所終，壯有所用，幼有所長，矜寡孤獨廢疾者，皆有所養。」《禮運．大同篇》早有所載，也應該是社會上的行為準則，自當盡力而為。也衷心祝福老太太長長久久。

DMC.24

冰島

已經是近五十歲的女性了，但外貌上還真看不太出來，說剛四十歲應該也不會有太大爭議。只因為皮膚上的一些小問題持續看診。

大姊大的個性，開朗外向，可能心寬，體態也福胖。老穿著黑色洋裝，不知道是先喜歡黑色才胖，還是先胖了才喜歡黑色，總之是拚命壓抑，卻還是撐得飽飽滿滿的。

每次門診，喊過名字，就像風一般捲入，輕盈中帶著沉重，一邊嚷著：「想我了吧！」雖然知道全無曖昧，就只是門子串多了後輕鬆打招呼的方式，但這當下，還是低頭專心看電腦，掩耳裝聾，當作耳邊風，免得多言尷尬，不過診間氣氛倒一直挺歡愉的。

這次來，病情依舊穩定，三個月慢性處方箋很快開好。結束前，她突然興高采烈的說，妹妹邀她去冰島玩兩週，兩人自助旅遊，想到都開心，最近做什麼事都甘願，老闆說什麼都好。

妹妹說到了冰島，得租車長途跋涉，但她這做姊姊的卻不會開車，根本幫不上忙。因為地廣人稀，沿途未必有汽車保養廠，妹妹要求她務必得學會換輪胎，至少要有點功能。她也正在努力學習中，想應該比考駕照容易。講得眉飛色舞、活靈活現，終是姊妹情深，也讓我們為之嚮往。

眼看眾人聽得入神，紛紛投射著豔羨讚嘆的眼光，嗨到最高點，她突然舉起右手高喊，只有兩個女人，有沒人要跟？感覺那雙大眼的餘光飄過護理師，再飄落到我。

裝聾完了不能再裝盲，本能上立即順口反應，帶著莊嚴肅穆的口吻說：「別說冰島，就是荒島也不去。」不知道為什麼突然接了「荒島」兩字，或許是聯想到丹尼爾．笛福的《魯賓遜漂流記》，或是羅伯特．巴雷特的《荒島歷險記》。但診間霎時成了冰島，冰得霜雪結凍。感覺或許還是應該先裝聾再裝盲較好。

臺語的「冰島」應該很接近「冰的」。記得電影「大尾鱸鰻」裡，問飲料要冷要熱，一句「冰的」，因為發音如同臺語「翻桌」，導致黑道一場混戰。

幸好這位黑衣人，溫柔大氣，基於平日的了解，應該知道這只是鬥嘴的機鋒反應，並非嗆聲的接話，所以也只安靜了三秒，看到我的笑顏，她又開懷且連蹦帶跳的扯別的去了。

心無雜念的專業處置，適可而止的言語交流，加一點老朋友間的真誠關心，或許就是醫病間最牢適可靠的相處和溝通之道。

三重人

五十九歲女性，罹患全身性紅斑性狼瘡多年，病情穩定，每個月例行性來門診驗個血拿個藥，安穩過日子。

醬黃的臉，梳個清湯掛麵頭，可能為了好整理，或為了留個學生味。不知道染過沒，看起來烏溜溜的。個性隨和，笑點低，總眉開眼笑，眼睛瞇瞇的，甜甜暖暖的，差不多微糖去冰。

這次來臉色較沉，病情也微揚，應該是被什麼事影響了，就自然的問最近怎麼啦？

「和婆婆吵架。」她悻悻然的說。

家務事當然不介入，但能化解一下總對她好，若沉嘔在不健康的情境裡太久，病情也較難好轉。

「嗄！妳吵輸啦？」故意有點幸災樂禍的說。只有極端的切入才能破題，才能引領她釋放。

她先搖搖頭，再跟著扯開嗓門嚷著：「和婆婆吵架，吵不贏的啦，吵贏就全輸了。」哇！還有這種超凡的見地，真是難得。到底怎麼回事？

「她沒事找碴，突然叫我掃地，我身體不舒服，就回嗆：『要掃妳自己掃。』」噢！這回嗆夠辣，當然開戰。這地步還能收得了場也真不簡單，應該比俄烏戰爭還要慘烈，非僵在那裡弄個玉石俱焚才行。

為什麼吵贏就全輸了？我明知故問。「沒啦，」她低聲說，「我三重人，講究三重（從）四德，婆婆一吼，我就算了，道歉了事，地掃掃就好了，吵贏又怎樣，家就全亂了。」

三重人就三從四德，真是高級幽默，從沒聽過這種說法，這也能掰出道理。那三重的男性就不知道是否也遵循這種規矩了。

根據維基百科，「三從四德是中國古代對女子的行為要求。『三從』即未嫁從父、出嫁從夫、夫死從子，最初是女子的服喪標準，藉以體現女性在倫常秩序中的依附性地位，後來轉而直接指女性要服從男性；『四德』則是指婦德、婦言、婦容、婦功。」

她說先生是獨子，所以得和婆婆住在一起。婆婆在家是皇太后，但沒錢，總向她要，要不到錢就找碴。最後還低吼一聲「恐怖噢」做結尾。

那先生怎麼說呢？這種場合，先生的立場就非常重要，畢竟是兩方都愛都能接受的人，應該有仲裁緩衝的本事和責任。

他其實很孝順，也很顧家，我們就三個人，只一個女兒。他看我先低頭把事情解決了也很高興。她有些得意的說。

但這會兒數學上簡單的加法就看出內心世界。一個屋簷下，明明住了四個人，卻算三個人，婆婆聽了可能又要高空彈跳了。

其實終究是生養先生的媽，既然互許終身成為一家人，無論如何都應該立願做個三重人。

家事

約五十歲男性，從診間外像一朵烏雲湧捲進來，暗色系衣服纏裹著壯碩的身軀，只感覺黑壓壓的沉重。

即近細看，其實是墨藍色的T恤和靛藍色的牛仔褲，因為顏色深沉，可能布也用得多，就遮天蔽日的。

醬菜色的方臉，戴一副粗黑框眼鏡，唯一反光的鏡片後面是兩圈更深更濃的黑眼圈，整個烏嘛嘛的。嘗試找尋可能的一抹白，但他卻緊閉著嘴，彷彿一切都沉陷在萬丈深淵中。

是初診，打開電腦檔案，開始一面交談一面敲打著病歷。家住林口，因為太太幫掛了號，不得已就過來看看。說是左手第四指近指關節腫脹，併右手腕疼痛，目視檢查也確實微腫，但才剛過第二天，且也就一指一腕出了些問題。原本一向都在附近診所看病，痛的時候就局部注射類固醇，再拿些消炎止痛藥。注射完當天都還好，第二天就又恢復常態，無論如何總要痛個幾天，好個幾天，如此反覆，影響工作情緒，令他不堪其擾。

心中有數，這種反覆性發作的關節炎，應該就是所謂的陣發性風濕症。不論是否哪壺不開提哪壺，該問的還是得問。

先問睡眠如何？欲言又止，那眼眶外的黑彷彿更為深邃，漩渦流盪著捲入無底黑洞；再問最近有沒有特殊壓力？想知道是長期的睡眠障礙，還是有突發的外來事務干擾。

他低聲的說是家事。既然家事，當然就不方便追問，其實知道原因即可，凡事總有個來龍去脈。聰明人只需點一下，但癥結仍得自己面對、自行解決。

可能已由問答中體認出這一連串事情的因果關係，停頓了一下，他突然哽咽的說，雙親一年內相繼去世，他午夜夢迴，常因思念而無法入睡。講得悲從中來，黑洞中噴出男兒淚。這麼大塊頭的哭泣，還真有些懾人卻又動人。

護理師體貼遞上面紙，拂拭去淚水的同時，情緒也很快的穩定下來，感覺人整個鬆了下來，不知是否淚漬的折光，臉也潤澤了許多，然後才如釋重負的離去。

醫師的責任，不能人云亦云，也不光只是對症下藥，而是要試圖剖析出病源，翻攪一下，不能連根拔除，也至少要修整一番。

這是故宮旁至德園拍的景象，披著藍袍的夜鷺，靜肅的盯著盛開的荷花。荷花可以黑白，可以桃紅；荷葉可以鮮綠，可以墨黑，不過一眼一念之間。感覺和文章故事相連，故而落筆。

一家子

是男孩下背痛先來找我看，當年的他應該只有二十來歲，診斷為僵直性脊椎炎，遺傳因子 HLA-B27 亦為陽性。

長得帥氣，堅挺的鼻梁在顴骨微聳的寬臉上稜線分明，眼神透著股狠勁。忘了年輕時的自己，是否也曾有如此銳利的鋒芒。

胸肌厚實，由緊身的襯衫中墳起，明顯是刻意練過的，頭髮短短的抹了些油，總穿著緊身褲再套一雙黑皮靴，個頭不高，卻顯得桀驁不遜。

說真的，他看診時的態度總顯得吊兒郎當，常實問虛答，印象並不怎麼好，後來很長一陣子沒來，猜是彼此不太對盤，所謂的先生緣不足吧！

那天他卻突然又出現在診間口，後面還跟著個三十歲的漂亮女孩，兩人應該是同齡，女孩梳著短直的學生頭，白白淨淨、文文雅雅的很有氣質，大大的眼睛，甜甜的微笑，怎麼感覺都像是女貌配上個豺狼，不禁暗嘆，不知道這是否又是月老忙碌下的一個閃失？

其實男生已經有了變化，感覺斯文多了，就像學街舞的浪子，突然走入殿堂當鋼琴老師，雖然畫面相當突兀，但也相信或許這就是愛情的偉大魔力。

原來女生也有同樣症狀，下背疼痛僵硬已有一段時間了，且活動後會較為舒緩。他或許真急了，也可能愛之深，護之切，還是把她給帶了過來。此刻的他，態度恭謹，神情凝重，殷切的看著我，充滿期盼，顯然內心是信任的。

這時候，本來滿口鬱積的吐槽，就只能暫且先行壓抑，就算是亂點鴛鴦吧，此刻道義上也不宜再放冷箭。

檢查後，女生的遺傳基因 HLA-B27 也是陽性，而且骨盆X光檢查已是兩側第三級的薦腸關節炎，嚴重度和男生不遑多讓。

講了答案，兩人都如釋重負，畢竟有了譜，有了方向，反正也不是什麼嚴重疾病，且半斤配上八兩，真的是門當戶對的兩不相欠。蒼茫人海中，這樣的點選也真不容易，又不得不佩服那根玄妙的紅線。

居然開口問起了懷孕的問題，兩人自然的一搭一唱，顯然好事近了。非類固醇消炎藥該怎麼使用？疾病緩解抗風濕藥物是否要用？生物製劑可否使用？該用哪一種？

問得巨細靡遺，也耐心的一一答覆，臨結束前，男生遲疑的低聲問道，那萬一小孩將來也有僵直性脊椎炎怎麼辦？然後四隻年輕的眼睛就直愣愣的看著我。

要再很學術的解釋遺傳機率嗎？要談談如何預防嗎？都走到這一步了要談回頭嗎？其實那都沒有實質的意義，對於事無補的不確定未來又何需過度操心。

於是毫不猶豫的立刻回答，那就一家子僵直性脊椎炎啊。簡單答案卻頓時戳破且化解了不必要的憂慮，男女兩人相視爆笑，心滿意足的攜手離開。

靜好
歲月
德明

少些後顧之憂

全身性紅斑性狼瘡病人，三十來歲女生，應該有一百七十公分高，仍然單身，正是君子好逑的年華，本應蜂蝶相隨。

卻總鎖著眉頭，不苟言笑，行止間千愁捲纏，歡顏難展。愛穿暗色系的衣服，其實看不分明，總似少了份同齡女子的青俏，多了片片繚繞的靄靄雲霧。因為疫情，即使隔著社交距離，依然感受得到沉重的氣壓，彷彿靜肅的山，沉寂清曠，硬生生阻斷了更多的交流。

門診檢驗，補體C3、C4皆持續明顯下降，顯示病情依舊活躍。上次提到去海邊衝浪，心中明明有些不以為然，但也只淡淡的提醒要注意防曬，知道她應該渴望著溫煦陽光的擁抱和清冷浪裡的忘憂。

也知道她忙碌著事業，每次勸她不要太拚，都回說自己的事業當然要顧。言之有理，也就未再追問，畢竟沒有穩定的經濟，也難有餘裕維持健康，只能一再叮囑，一定要找時間多休息，不能累過頭。哼哼哈哈的應答，總感覺是在兩條平行線上的唱和，根本不合拍。

今天補體仍然偏低，就順口簡單的問，最近是否事情太多太累？其實疫情期間，各行各業，都有太多匪夷所思的變化，多問多了解，多問多學習。

她慢慢的吐露一些心裡話，說因為母親當年在病危時才被診斷出全身性紅斑性狼瘡，鬼門關前走一回，自此性情大變，居然沉迷賭博，不斷向親友、地下錢莊借錢，無法自拔，在每天都是最後一天的自棄中，過著紙醉金迷的日子。

無耐的基因遺傳，親愛的母親，書讀的不多，給了生命、給了疾病、給了貧窮，還多給了負債，真是情何以堪。

她開創了自己的事業，憑一己之力，想要突破，想要上游，賣力而為，緊盯著財務，希望多攢一點錢，維生、還債、奮發向上。

這幾乎是我聽過最椎心的故事，母女狼瘡，在灰暗的世界裡無奈的承受，其實各有其苦。

思索後拋出大膽且無情的試探，是否考慮乾脆脫離母女關係。當然知道親情實際上是脫離不掉的，但至少應嘗試和無底的債務做切割，至少不能被拖進深淵，至少還有新生。

淡淡的笑，很淡很淡，像由另一個時空裡越星辰而來，感覺遙遠的不切實際；又像初秋的風，帶著傷感，還帶著涼意。表情有些不以為然，有些欲語還休，終於還是輕輕的說了，那仍然是她親愛的母親，唯一的親人，她做不到。

猜得到答案，卻無奈的讓人揪心。或許有天意，或許是宿命，渺小的人類，即使絞盡腦汁、握緊拳頭，許多的悲歡離合，也只能度過。

像麥田被風吹襲著，低下了頭，能做的，也只有盡量協助她的健康無虞，讓她在人生的戰場上少些後顧之憂，也才更有餘力擁抱親情。

小時候

八十二歲白頭老太太，坐著輪椅，軟斜著身體進入診間，推著的應該是位外籍看護，一臉木然，壯碩的兒子則一路前導。

天氣陰雨微寒，他卻穿著黑色T恤黑長褲，斜背著黑肩包，平頭方臉，舉止粗獷，走路就是搖擺。

老太太的主訴為雙側膝關節疼痛。因為人在視線下方，自然的傾身靠近，並請她先把褲管拉高，窸窸窣窣的她自己很快就做到了。

視診可見膝關節已明顯扭腫變形，且大小腿肌肉都已萎縮，看來應該是退化性關節炎。

我輕聲的問：「這應該有一段時間了吧，怎麼都沒來看看呢？」

老太太抬頭看著兒子，顯然這次並沒有聽清楚問題。兒子倒是立刻反應，大著嗓門操著臺語吼道：「么壽啊！醫師說妳都講不聽啦！」病人憸然的對我笑笑，低下了頭。

轉述得真有些莫名其妙，我吞了一下口水，疑惑著硬是憋住了沒出聲。緊接著，我再稍提高了聲量繼續說：「老太太，如果可以，還是要多活動噢，盡量不要坐輪椅好嗎？」這回她聽見了，抬起頭，淡淡的回：「真的走不動了。」

鬆了口氣，很高興可以直接溝通了，但兒子卻沒閒著，沒等我開口，就大聲對病人說：「么壽啊！都講五四三，不然妳來當醫生好了。」

兩次文不對題的嗆聲，實在按捺不住了，就看著她兒子平和的說：「你小時候，她是不是也這樣跟你說話？」

甘冒得罪之險，就是想提醒他，小時候，媽媽是怎樣耐心的照顧你，怎樣輕聲細語的教導你。長大成人了，父母衰老了，不耐的吼叫，是為人子女該有的態度嗎？

雖然不吐不快，但也不預期會有什麼正面反應。結果倒是挺意外的，兒子居然立刻降低了聲量，態度也明顯變得柔和。或許真的剎那間想起小時候母親的呵護和恩情，也或許只是嗓門大些，講話衝些，習慣了一些口頭禪，其實心地善良樸實，或者基本上還滿孝順的。

眼睛游移在老太太和兒子之間，花了些時間告知該如何保養，當然也安排了必要的檢查檢驗，並先開了抗風濕藥用貼布回去。

轉身向外行，三個人都跟我揮手說再見，兒子豪邁的笑著說，我下週再開車載她來，並低聲丟了句謝謝。

想辦法不老

很多女性病友，因為手指關節疼痛或僵硬來看診，擔心得了類風濕性關節炎。唯檢查後，常只不過是單純的退化性關節炎。

此除了老化的自然因素外，最可能就是使用過度。也就順道探尋工作性質與家務負荷，以便提供適當建議。

但若此刻恰好是先生或婆婆陪在一旁，反應多為忙不迭的唉聲嘆氣，一副家務繁重，本欲效犬馬之勞，但天不從人願的模樣，再不斷眼神交換，希望由我口中，說個不能過於操勞，再給個宜遠離家事重活的診斷證明。

以客為尊的概念下，通常配合演出，退化性關節炎本來就應該避免過度使用。

但若已明顯的女尊男卑，在兩性平權濟弱扶傾的概念下，我就會說：「應該是家事做少了吧。」馬上一陣譁然，男方不斷鞠躬，女方則猛翻白眼；若明顯婆婆頤指氣使的，我就說：「怎麼上班還要做家事啊！」大家一陣尷尬，再換回個感恩的眼神。

但若只一個人來，大多堅決否認使用過度，不知是面子上不願承認操勞，還是就不讓你一下探底，每個都自認是「英英美黛子」（臺語「閒閒無代誌」），沒什麼胼手胝足、宵衣旰食那回事，公務家事都別人在忙，露出天塌了有別人頂，命好天公疼的態勢。

但總會接著問，該如何讓它不再繼續嚴重？「要多休息、少做事」這類話明顯對接不上，也少了趣味，就故做神祕，緩慢低聲且拖長音的說：「就想辦法不要老。」

對方乍聽之下，如獲至寶，畢竟有了解方，但餘音繞梁仔細琢磨後，才體認知易行難，根本白問瞎扯。

若仍不死心的追問，還有什麼其他好辦法？就只能以「我也在找」搪塞。醫師都承認沒轍了，也就不能逼人太甚。自古以來，誰不想長生不老，唯尋覓者多無功而返，正確的說，應該是都無功而去了。

日子就這樣過去了，一天不就二十四小時，還躺睡了七小時、恍神一小時、吃飯兩小時，走路一小時，剩下清醒做事，且是做有意義有長進的事，其實很有限。所以如果還在嘔氣、吵架、彆扭、擔憂、冷戰、哀怨的，那真是嫌命長。

仍不覺得老，每天照鏡子，還不都一個樣，皺紋好像沒多，有幾根小白鬍碴，一樣的酒窩，一樣的笑容，一樣睿智的眼神。只是偶爾翻開老照片，即使只是一年前的，即使只是上個月的，總迷惑那個年輕人是誰？

歲月就這樣無感無情的走著，冷倔的不回頭，分分秒秒蝕劃著容顏、分分秒秒褪黑了髮絲，也分分秒秒流失了體力、甚至腦力、甚至記憶，然後，其實就這樣分分秒秒的老去。

像河邊掬一掌水，即使再嚴絲合縫，再小心翼翼，依然不斷滲漏，終將海枯石爛。

余秋雨先生說的「馬行千里，不洗塵沙」，一身功過，早已紋身入髓，不在他人的認可、不在他人的漠視，在自己是否已心滿意足。

雕欄玉砌應猶在，只是朱顏改。許多生命，看不見童年、少年、中年、老年，而我們有幸走過，當然就要走得優雅且有價值。想辦法不老的終極祕訣，就是永遠有顆年少的心，充滿好奇感恩，如童子般快樂蹦跳的向前探尋。

若追問還有沒有其他方法，只有引用另一喜歡的句子：「我在炊煙升起的地方等你！你不來，我不老！」聽清楚了，妳不要一直來，我就不會老。其實當然不是這樣，而是老地方等妳，不見不散的意思。妳若不來，我會等到天荒地老。

試畫一張黑白水彩，完成後覺得太素，彷彿人生無味。就飄染一點淡紫，氤氳一些東來紫氣。

下輩子還要

五十歲女性，罹患類風濕性關節炎約有兩、三年了，一直在門診規則的追蹤，每次來，總是由先生陪著。

她衣著樸素，多微笑著不說話。先生則總緊張兮兮的跟前繞後，每次來，都像是帶著個寵物出門，還玻璃做的，就是很不踏實的瞻前顧後，不時回眸。

真的無法理解，這老天到底是誰在負責牽紅線兼點鴛鴦譜，是循個什麼邏輯，為何總是一個啞巴配一個鸚鵡。

先生來了好多次，蓄個平頭，方型臉上有著許多坑疤，不知是歲月還是年少青春痘的痕跡，記憶中每次都穿著黑色T恤。若要用兩個字形容這人，就是粗勇。

數據正常，病情穩定，結束前總習慣性的問病人還有沒有問題。她笑一笑，輕輕搖頭，這會兒就準備說再見了。

先生卻跳起來，看了她一眼，大聲的說，明明還有很多問題，並迎著大家詫異的目光緊跟著補充，她關節捏了會痛。

很想翻白眼，只是技術還不成熟。當事人都沒意見了，旁觀的插什麼嘴，捏著會痛也算問題，這門診要怎麼結束啊！

不想正面回應，就看著病人笑著說，先生這樣子在家會不會有點煩？這時間當然只有向當家的求救，或許還有解。

她還是笑笑的不置可否，讀不出到底是認同還是抗議。先生卻得意的說，我們家就兩個人，她說下輩子還要嫁給我，這樣怎能不給她顧好。

天都黑了，肚子也餓了，跑來講這種話。這輩子亂點的譜還不知怎麼收場，居然瞎扯下輩子。人生不過才一半，二十歲結婚，也才三十年。現在就招呼下輩子，有沒有期約賄選的問題？

就大聲對著空氣喊：「拿測謊機來。」再戲謔的說，「妳千萬不要太早決定，日子還長得很，再過十年，萬一後悔了怎麼辦？」當然是玩笑的態度，畢竟先生長得壯碩，還穿著一身黑。

她在笑，他轉頭盯著她，她還是笑，他彷彿獲得了保證，得意的向我笑。

「下輩子還要」這樣一句話，就能讓人義無反顧，也是非常奇幻的，當然該信其為真。其實根本人家的家務事，再辛勞，也是甜蜜的負擔，自然樂觀其成。至於關節捏著痛就只能交給我，也沒什麼好辦法，捏輕一點就好；但若下輩子十指緊扣時捏著會痛，應該就是約好的那位了！

搬出媽媽來

五十來歲女性，全身性紅斑性狼瘡的病人。疫情前，每次幾乎都先生陪著來門診，看起來伉儷情深。

總飆著高八度的嗓音，喳呼喳呼的問東問西。先生開口，太太就微笑著靜靜看著我；太太開口，先生就肅穆的靜靜看著我，但無論微笑還是肅穆，都同樣的堅定，就堅定的要我給答案，兩人還很自然的無縫接軌，常讓我連吞個口水的時間都沒有。

兩人輪番射擊，也不知是先套好了劇本來，還是超乎尋常的默契，但也多是同樣問題。病情變好，就問為什麼；病情變差，也問為什麼；加藥問為什麼，減藥也問為什麼，不加不減還是問為什麼。然後再逐項問檢驗數據，並要求解釋。

但每當要幫她把數據抄錄在狼瘡病人的小紀錄本上時，就回說剛好忘了帶，沒帶還聲音很大，說反正命都交給你了，記那個幹嘛。

有時候卻又要我另寫在小紙條上，說她回去再謄。這比抄在印好項目的本子上還多事，就回說，反正妳回去也搞不清楚，抄錯了更糟。但就是不死心的非要。有時候又反覆問數字，補體多少？白血球多少？即使講正常也沒用。為了節省時間，想停止無謂的報數，只有說，要我講可以，但妳可得記牢，等一下出去前到門口，我會考試，答不出來，要留下來背完補考。

真到了門口再問，當然早忘了，當然也無可奈何，總不能真把人留下來。就這樣攻防下的跳探戈，匆匆一晃，也該有二十來年了吧。

疫情後，很少看到先生陪，好像是因為有陣子新冠病毒感染確診了。她變成單兵作戰，少了交叉掩護，火力當然減弱，尤其每次來還包緊緊的，醫病雙方N95口罩一戴，喊話一、兩回合，也就無聲勝有聲了。

這次來，多抱怨了上腹痛，要我開點胃藥，我說比較好些的潰瘍藥，還是需要做個胃鏡檢查，而且做個胃鏡比較放心。回說只偶爾痛一下，要求先開個胃乳片備急。無傷大雅也就從善如流。看她拿了藥單走出診間頓時鬆口氣。

氣還沒全鬆完，又敲門跑進診間，嚷嚷著，胃藥還要自費四十七元，身上只帶了一百元，等下還得留些回去的車費，不然你先借我一百元。

強鳳不壓地頭蛇，哪有看診還要醫師掏錢幫付藥費的，何況又是非關緊要的胃乳片。內心確實掙扎。

突然想起，小時候媽媽說過不可以，不能幫人代付買藥錢，好像是會惹病上身之類的。此時此刻，當然要聽媽媽的話，也就只能搬出媽媽來，再微笑的、靜靜的、肅穆的揮手說再見。

DM.chau

不是有女兒嗎？

下午門診，一對母女走進來；一會兒，又一對母女走進來；再一會兒，隨便算算，應該已經有四對母女一起走進來。

四對都是健康的女兒陪伴著生病的母親，另外還有兩位女兒，是單獨跑來代替母親拿藥。

輕咳了一聲，喃喃自語，怎麼都是女兒？沒出聲、沒表情，只有眉頭微微蹙起，逐漸糾緊的心頭，更是疑惑激盪。

前面幾對還不當回事，觀察著、盤算著，心裡面嘀咕著，還不都因為女兒全是「英英美黛子」，兒子可都正在戮力從公、保家衛國呢！哪有這些閒功夫。不時嘴角上揚輕聲冷哼，琢磨完了就更一陣清爽快慰。

到第四對進來，心防逐漸瓦解，已在崩潰邊緣，冷哼快變成哀嚎，實在沉不住氣了，就卯起來問這位陪病的女兒，到底是怎麼回事啊？妳沒在上班啊？怎麼會有空陪媽媽看病？堆疊的笑容掩飾著激昂的情緒。

是一位八十歲的女病人，不看電腦資料還真看不出來年紀。女兒淡淡的笑一笑，未及出聲，媽媽卻得意洋洋的說，有女兒真好，就她有空。一陣胃食道逆流酸水泉湧，剛勉強的吞了，她居然還再補槍，笑著說，國外研究，有女兒的人可延緩失智，那笑容充滿了驕傲，但此時看了卻覺得有點挑釁，嗯，怎麼看都是，還不只一點。

有這種研究？將信將疑，那不是霸凌我們這些沒女兒的，有沒有學術倫理啊？但絕不能就這麼落居下風，立刻反應，妳有沒聽過另一個國外研究？其實只是嘴硬，話出口了腦袋才開始想，趁她怔怔的看著我時，再煞有其事的說，有三個兒子的會長壽？這次換她「恬恬」（臺語「安靜無聲」）。哼，失智和長壽還真一下子攪和得讓她摸不清楚頭緒，也頓失氣勢，自己也非常療癒。反正文獻皆不可考。

迷茫中趁亂趕忙拉回來談病，這可是我的主場，萬不能困在談女兒這檔事，喪失了優勢。

談病是嘛？老太太也沒在客氣的。

她開口了，「醫師，您給我開的藥物有沒有副作用？」

其實只是個無聊的老問題，就制式回答：「哪個藥沒副作用？」

「有副作用您幹嘛開給我？」她半認真的問。

「不過基本上應該都在可控制的範圍內。」我耐著性子據實以答。

「那副作用會有什麼感覺？」她笑得爽朗，保持主動，乘勝追擊，且一面低頭不斷筆記。要不是一向敬老尊賢，就要唱費玉清的「晚安曲」送客了。

帶些不耐煩的語調，「藥袋上面都有注明，您還寫一遍是要幹嘛？」

她抬起頭笑著回：「我怕失智。」

好，言多必失，這下有了破口，立刻切入「您不是有女兒嗎？」她抬頭尷尬的看看女兒。後面的門診時間就都很輕鬆愉快了。

遵從醫囑

剛過七十歲的一位女士，因罹患類風濕性關節炎，已輾轉在新北市三家中型醫院看過，說因朋友介紹，由女兒陪著來就診。

視診可見雙手肘皆已向內側彎曲，且手指腫脹變形，看來診斷無誤，且病情仍相當活躍。

檢視雲端資料，看到最後處方的藥物為滅殺除癌錠每週六顆，必賴克瘻（奎寧）每天兩顆，類固醇、希樂葆每天各一顆。藥量其實不輕，有些困惑，這款類風濕性關節炎，在這款年紀，怎會如此猖狂？

再對上眼，她先一臉怨憤不平的說，別人不都三十到五十歲生這個病，為何她這麼老才發作，想了就氣。

顯然她是有備而來。這種跑過好多家醫院的都已修練成精，一定也翻閱過許多資料書籍，一個大意就會被踢館了。

耐心的回應，其實什麼年齡都可能，老點發作不是少吃點藥少受點苦，且愈老發作表示預後較好，最怕是小小年紀就發生，病情通常進展很快。她聽了點點頭，先塞顆定心丸，這關算是過了。

我再複誦一遍她服用的藥物，想要確認是否如實。她猶豫了一下，才吞吞吐吐的說，開個什麼除癌的藥，我又沒癌，這怎麼能吃？類固醇我也沒吃，副作用那麼多。

如果是這樣挑三揀四的自作主張，顯然藥力就不夠，也難怪病情不受控。解釋滅殺除癌錠是治療類風濕性關節炎的黃金標準，新藥都得要相比有贏才能上市，只是當年名字取的不好，後來雖有改名至善錠，但本名已根深柢固，深植人心，改名也來不及了。

其實我省略了許多，避免讓問題複雜化。滅殺除癌錠最初是由印度生化學家在一九四七年合成出來，一九四八年開始是治療白血病（血癌），所以名字並沒有取錯，但劑量至少是五百毫克，相當兩百顆，與一九六二年後用來治療類風濕性關節炎的每週七．五至二十毫克（三至八顆）完全不同層次。

她蹙著眉頭又說，以前醫師怎麼都沒講清楚。感覺她對藥名仍未完全釋懷，就想再舉個更清楚的例子，讓她口服心服。

瞥見她的名字是「××盡」，因為名字較為特殊，故只能留最後一個字。接著說，妳看，即使名字叫「×盡」，也不能說妳什麼都沒有，還不是挺美滿幸福的，所以是不是不要糾結在藥名上了，還是要回歸本質。

眼睛亮起來，顯然聽進去了。笑逐顏開的說，「我這名字可是有故事的。中間的字是排輩。我排行第八，我爸爸說不能再生了，取個『盡』字，應該是想做個了結。結果仍沒完沒了，後來又生了五個，一共十三個兄弟姊妹。」哇！這精力實在令人瞠目結舌，強忍著驚訝，我說就是吧，名字哪能當真。

那年頭還真沒有少子化的問題，其實生活條件也不好，但就是劈里啪啦且和樂融融。

再注視她穿的黑色T恤，可不是地攤貨，上面鑲著水鑽，bling bling 閃亮亮，還印著醒目的白色英文字「well」。就順勢說，好好吃藥，一切都會變well的。

笑著出門，答應會遵從醫囑的認真吃藥，賓主盡歡。

讓病人能放心的乖乖配合著吃藥，也是治療上重要的一環，是需要些耐心和技巧的。

陽光男女

門診尾聲，進來一對陽光男女。抬頭迅疾的瞥了一眼，前行的年輕男孩，由後方一位輕巧的女生陪入。

資料顯示男孩僅二十三歲，簡單的白T藍褲，散發著青春氣息；後方女生，長髮披肩，是位氣質美女，應該是女朋友。不過長久以來，已習慣於禮貌性的無視後者，畢竟前面的才是主角。

男孩是位僵直性脊椎炎病人，遺傳因子 HLA-B27 陽性，骨盆X光顯示有左右雙側第三度薦腸關節炎。診斷殆無疑義。

紀錄上看來，這應該是第三次來診，檢驗結果顯示，發炎指數雖然仍在正常範圍內，卻比前次明顯提升，亦即發炎狀況其實仍未受控，且似有反轉跡象並持續進行中。帶著問號的眼睛，緊盯坐著的男孩尋求原因。

女生湊了上來，斜站在我和年輕男孩之間，並開口溫柔的淺笑著解釋：「長輩希望他不要吃藥。」

說話的內容和挺身而出的態勢，讓我立刻確定這其實是男孩的媽媽。近距離打量這位當初誤以為是男孩女友的母親。即使身分確定了，仍難以置信，長髮、細緻、年輕、貌美，穿一件黑色T恤，藍牛仔裙，胸前一個大金色背靠背相鎖的雙C。高調炫光的衣著在優雅氣質的襯托下，難得的未顯違和。

我立刻反應：「長輩希望他不要吃藥？那有沒問長輩為什麼要把這個病遺傳下來？」

話一出口才覺得有點嗆，主要是義憤於長輩怎可隨便建議小輩不要吃藥。

年輕男孩和媽媽同時開口了，搶著補充，原來疾病是遺傳自父系那邊，說不要吃藥的則是母系這邊，這一刀切得可是清清楚楚。做媽媽的再進一步補充：「是男孩的外公外婆，我的父母，不希望他吃太多藥。」

當然可以理解長輩的心疼和不忍，但疾病終究不能摻雜過多的感情，終究還是要科學的面對。

我笑著說，這樣也好，萬一將來病情活躍導致關節變形，兩家就可約好吵一架，女方問男方幹嘛要遺傳，男方問女方幹嘛要擋藥，雙方也就互不相欠了。不過辛苦的可是這位陽光男孩。

話講得直白，當然聽懂了，情勢也明朗了，男孩和男孩母親應該都了解到要好好吃藥，以及不吃藥的後果。既然道理清楚，目的已達，且氣氛融洽，當然見好就收。

對著男孩緩頰，只要按時服藥，疾病是可以控制的，再瞥一眼一旁的母親，繼續說，其實他們全都是關心你的，都是愛你的，你是幸福的。男孩燦爛一笑，起身和陽光媽媽高興的揮手離開。

不要和自己說話

五十歲女性，一頭俐落短髮，著醬棗紅色夾克，領子高聳，下搭黑色緊身長褲，一身勁裝，率性自在。其實這是交談中浮出了故事才開始蒐集的。

說是另一位年輕狼瘡病人的父親介紹來的，主訴為已經有一段時間的手部關節疼痛。

視診下，其實看不出特殊的關節異狀，青蔥般的修長手指，不紅不腫，只在遠指關節處有些突出的杵狀變形。應該是典型的退化性關節炎，根本想退號。

但卻訴說的沉重哀怨，尤其強調入夜後的疼痛，甚至影響到睡眠，惡性循環下，其實也不知道是先痛還是先睡不著。

孤寂的夜，燈熄了，或許灑入些細碎月光，黑暗中卻只有疼痛不斷喚醒欲眩的靈魂，那可真是漫漫長夜啊！

因為主要是遠指關節的問題。當然要先問工作性質，是不是白天長時間的使用過度累到了，也間接探詢是否有莫名的壓力。

病人淡然卻帶些哀怨的說，本來是學文科的，卻跑到電子公司做積體電路板，想要做好，壓力確實很大，但卻不是那種需出苦力費手勁的工作。

問題似乎和工作搭不太上，人家既然不承認，當然也不能硬逼著畫押。原因不明下，一般醫師也只有兩解。一是扯遺傳，病人很難否認，除了怪父母，也牽拖不了別人；再就是怪免疫，什麼皮蛇、口瘡、濕疹、頭痛、胸悶、落髮，所有疑難雜症，搞不清楚的，都是免疫出問題，反正也沒幾個人知道免疫是蝦米碗糕，先甩出去再說。門診常看到這類病人轉診而來，也只能徒喚奈何。

但自己可是做免疫的，此路當然不通，就只能由另一方找出路。

退化性關節炎確實和遺傳相關，就接著問，妳母親是否也有手關節變形？想應該會中，也好做個退場。

她未置可否，說家中排行老大，也有過婚姻。既然是曾經，當然就排除當下。突然眼睛泛紅，說一直負責照顧父親，近日父親因癌症去世，頓失依靠，感覺相當崩潰，從此孤單，人生沒有成就，也沒有價值，整天無所事事，就只有孤燈和疼痛相伴。

問有手足嗎？若能多和兄弟姊妹們走動，或可減輕焦慮。她憂傷的眼睛側眸一瞥，來自親人的壓力，更勝外力，更令人煎熬，此非外人所能理解。

談不下去，就開檢驗單，讓科學說話，反正下週再見。

「你上次說不要和自己說話，因為過去就過去了，這句話我的心理老師也說過，很有道理。」嗯，今天是第二次回診了，想起上次她說常和自己喃喃自語，不斷對話，如陷無底深淵，才給了建議。無論如何，總似乎有些幫助。

她接著說，我是「守住道德底線，忍住貧窮壓力，只求生存。」撥了一下頭髮，她繼續說：「我年輕的時候……」，沒講下去，畢竟五十了，好像也講不下去了。突然講出對聯，有些詫異，不禁暗中複誦一遍。

「其實我很怕死，婚姻挫折，婆婆、媽媽、家人的壓力，我只想生存。」她說著哭了出來，如汨汨江水一發不可收拾。護理師遞上面紙，我抬頭看看時鐘。

醫療沒得進行，心理治療又不專業，等哭完就告一段落吧。檢驗一切正常，X光就遠指關節有些變形，只能安慰她等下次耐不住疼痛時再來，希望哭出來能減輕她的痛，身心皆然。

勞羊傷財

三十五歲年輕女生，剛診斷為修格連氏症候群（乾燥症），症狀其實很輕，也沒用什麼藥物。

今天來，巧笑顧盼，甩一頭飄逸的長髮，欲語還休。終於說出來了，原來是想去打胎盤素，問會不會影響病情，難怪吞吞吐吐的。這麼年輕，要打胎盤素，不禁定睛看一下。她穿著白色小洋裝，剪裁合身，下身著白短褲，卻中空露肚，原來是兩截式的，瘦腰似也沒什贅肉，雖非傾城傾國之色，卻毫無疑問的青春洋溢。

剛好前些日子，有位五十來歲類風濕性關節炎病人也打了羊胎盤素，好像一個療程要二十來萬。其實基本上不太贊成，療效未明，還得花大把銀子。

不過世間事常願打願挨，人家錢都花了，也不便置喙再補槍什麼漏氣的話。但這次不同，畢竟年輕且還沒有打。

應該是症狀輕微，女生根本沒興趣談乾燥症，只急著想談胎盤素。她說可讓細胞活化，想回春。殷切的眼神當然期盼著肯定。

三十五歲想回春，聽了是不是會讓人生氣？煙都冒出來了，還問我意見。但只能繞著圈子講。我說先前那位女士，打完羊胎盤素回來，看起來成熟穩重多了，說話時還會不斷的咩。

當然是玩笑話，這什麼答案。她也聽出了端倪，臉上一堆問號，輕蹙眉頭說，外面其實還有朋友在等她的答案，她們要揪團去日本名古屋打，說那裡是唯一合法的地方。

原來許多人為了回春，常遠赴日本打胎盤素！因為臺灣尚未合法，赴日本距離近，匯率友善，還可兼旅遊玩樂。

當然若真上了年紀又錢多，只要確定安全，管它是否有效，試試也就算了，至少心理上踏實，覺得曾盡力掙扎過。但才三十五歲就要去打這些東西，真的無法贊同鼓勵。

根據維基百科，一九三〇年代瑞士醫師，保羅·尼漢斯（Paul Niehans）首先提出羊胎素（sheep placenta）的活細胞療法。因為胎盤是母體供應胎兒營養、荷爾蒙、生長因子和氧氣的重要媒介，當然有其價值，理論上想法正確。且羊是草食性動物，理論上也較單純潔淨。

羊胎素，則是在取出羊胚胎後，提取活性蛋白分離製成，輸注人體後，期能達到抗衰老的功效。

再查看瑞士推廣羊胎盤萃取物的網站，號稱其可刺激免疫系統、增強代謝速率、增強肌耐力和能量、促進血液循環、調節荷爾蒙、強化皮膚修復和強度等功效。機轉則扯到最常被牽拖的降低氧化壓力。

氧化壓力（oxidative stress）是指自由基超過身體的抗氧化力而失衡。胎盤素因稱可抑制自由基，平衡氧化壓力，故可達到養顏止老的功效。

其實最擔心的就是其所標榜的刺激免疫系統，這對許多自體免疫疾病當然是反向而行。且雖有老鼠動物實驗，認為羊胎素有抗氧化作用，但離人體抗老應該

還有很長距離，且也非一勞永逸。

回過頭來，診間裡，她再追問怎麼說是打完了「成熟穩重」？年紀輕，一下子就抓到重點了。

不過是皺紋多了些，也沒什麼。我講得輕描淡寫，其實專攻要害。她說啥啊，那怎麼行，當然也聽出有些玩笑，但已清楚表達了不支持的態度。出診間，關上門，外面一陣喧譁，對這群愛漂亮的女生，不知道這樣攔不攔得住。

其實年輕就是貌美，何需再錦上添花。就算真的逐漸衰老，也人之常情，就優雅的走下去，何苦頻頻回首還勞羊傷財。

手抖

四十來歲家庭主婦，衣著樸實，罹患類風濕性關節炎多年，前陣子由於病情活躍，依規定向健保署申請了屬於生物製劑類的腫瘤壞死因子抑制劑治療，效果良好，唯每週要施打兩次。

因為是皮下注射，危險性較低，如同糖尿病病人注射胰島素，多半都是門診時，經護理師教導後，由個人在家自行為之。基本上是上臂、大腿、肚皮，兩側共六個點輪流，五分鐘就能解決的事，當然也就不必老往醫院跑。

但有些病人，雖然技術已經沒有問題，就是自己下不了手，非委託別人出手修理。這時老伴就派上用場了，不過也正是檢視雙方感情的時刻。

這位病友也是委由先生代勞。想像那一週兩次的欲迎還拒、閃躲嗔斥，應該是無限美好的甜美時刻，想了都覺得羅曼蒂克！

但這次來卻突然說，不想再打了，想換成口服的生物製劑，先生則一臉無辜彷彿做錯了事的跟在後面。原來回家針確實都由先生幫打，但他手抖得厲害，說打得實在很痛，針在皮膚下挑來挑去的，偶爾還戳出一片瘀青。外觀看來就像慘遭家暴了一樣。

明明在門診教過了，也說沒問題了，但回去幫太太打針還會手抖，抖到人家不敢繼續且要換成口服。嗯，不知道是因為技術不佳？視力不良？本身害怕打針？愛得太深下不了手？還是好不容易找到機會，興奮到控制不住；不知道是不自覺且按捺不住的抖，還是刻意且卯著勁兒的抖。

被打者因為害怕疼痛，多半緊閉著雙眼，愈痛閉得愈緊，可能還真不知道施打者到底是哪種面容。或許記得下次被打時，一定要撐著睜開雙眼，看看施打者的表情，是緊張還是歡愉，是謹小慎微還是帶股狠勁，會不會也正緊閉著眼睛，或是正飄著神祕詭異的微笑。

當然是想多了，當然是懸疑小說看多了。不過，你是否也正在尋找或等待幫另一半皮下注射的機會？最好平常給我乖一點，最好少嘮叨一點，不然一週會相遇兩次，哈，有兩次手抖的機會。

博君一粲，另一半手抖，當然絕對是出於一片愛心，當然絕對是愛之深抖之切。

白髮

六十一歲女性，類風濕性關節炎病人，類風濕因子 RF:32，抗環瓜氨酸ＣＣＰ抗體 1038，當年病情來勢洶洶，不過假以時日，目前僅以滅殺除癌錠每週 7.5mg（三顆）控制病情，發炎指數（ＣＲＰ）長時間正常，病情相當穩定。

留直短髮，著灰藍服裝，宛若道姑，但個性開朗，笑容滿面。每次來，總會無厘頭的隨意尬聊。

眼看問診即將結束，不知道今天哪根筋不對，她竟突然豎直的站起來，擺出唱國歌的莊嚴姿勢，開始大聲唸著：「南無阿彌陀佛……」看我人怔在那裡，還促狹的問「南無」是什麼意思？

欸，飽讀詩書，當然知道答案（皈依），但硬頸的覺得，診間可不是拿來口試醫師常識的地方，須主動選擇戰場，才不至落居下風。

故意充耳不聞，另啟話題反守為攻：「妳一定小時候不用功，這把年紀了，還沉陷在背書的情結中。」

她也挺好強的，立刻自信的回，「這不是背的，是自然啟發的。」更彷彿受到了刺激，興致一起，竟然劈里啪啦的一發不可收拾，喊了個淋漓盡致。

當然此刻絕不能再跟著起鬨，就平靜的顧左右而言他。她見我不為所動的冷靜，又笑著蹦出另一個問題：「六道輪迴是哪六道？」看來對方是有意來踢館的。

不過這題確實答不全，只是輸人不輸陣，就閃躲卻故做成竹在胸的說：「妳不會的來問我？」

不再爭辯，她開始快速唸出：三善道為「天、阿修羅、人」；三惡道為「畜生、餓鬼、地獄」。佛教認為生命在六道中輪迴，平日要為善修佛，才能蒸蒸日上，不至向下沉淪。

能背得出來確實不簡單，但也不願就此認輸。就問：「那妳前世是什麼道？」她頓時傻住了，這選擇很難，進退都是學問。

其實說不知道也就算了，但她沉吟半天，蹦出：「應該是畜生。」想是因為她自得於用功修佛，所以寧願自承前世是畜生，也要表達這世能晉升為人的一路艱辛和虔誠，以及對來世能再上升的企盼。

人家都已經自認前世是畜生了，六道應該就沒得談了。但她卻仍執著的說，要不斷唸佛才能早日成佛。

想哪有這麼容易，重要的應該是心誠則靈，多做善事，而非嘴裡嘮嘮叨叨的光在那唸吧！

她仍不善罷甘休，繼續說，若持續用功，頭上會現出佛像，並以廟中大佛，許多頭上都有佛像為證。講得像真有這麼一回，還不斷拂掠著飄在額頭上的亂髮。

念在剛才已自承是畜生，這時候就行個好、捧個場，做個了結吧。於是煞有其事的說，其實我有天眼，妳剛才唸的時候我有看到。

她眼睛一亮，半信半疑的問，您看到什麼？欣喜企盼之色溢於言表。

我睜圓了眼，定住了她的前額，一邊沉吟著，故弄玄虛的撐到極致，連護理師都以為今後要刮目相看了。氣氛醞釀足了，才在眾目睽睽、萬般期待中輕緩吐出：「兩根白髮。」

她像漲滿氣的蟾蜍，爆笑中一瀉千里，喜怨的以「您真愛開玩笑」結束了這般上天下地極度無厘頭的對話。

「正復為奇，善復為妖」是老子《道德經》中的一句話，意思是正常與怪異可互相轉變，善良與邪惡也能彼此循環。因此凡事不必矯枉過正，以免過猶不及。用功專注當然是好，但若沉迷執著、只重表象，就可能反而著了道，失了真。當然無論宗教，能內修行善都是值得鼓勵的，也是做人的基本道理。

吃得苦中苦

五十來歲類風濕性關節炎病人，五官深邃，開朗活潑。原來做過學校、家庭廚師，一直以為有了專業，就會始終如一的走下去，但似乎也受到疫情影響，有了波折，顛顛簸簸的最終無法持續。

目前以生物製劑中的腫瘤壞死因子抑制劑控制，病情相當穩定。這次來，發炎指數一如以往，CRP、紅血球沉降速率（ESR）皆為正常，且比平常還低，笑笑的說明後就準備結束了。

未料她卻顯現出訝異神情，說其實最近比較累，曬很多太陽，關節也比較疼痛。既然有故事，當然願聞其詳。

原來因為既然在臺北暫時沒了工作，她就回臺中老家，幫媽媽種菜，還特別強調說是苦茄。苦茄？還真沒聽過，問了兩次才確定。她接著解釋那是阿美族人的主食。

看診了三、四年，此刻才知道原來她是原住民，難怪五官立體、聲音嘹亮，也談笑風生。

下診後好奇，查閱原住民族農產業網站資訊，苦茄的漿果為扁圓形，有四至六瓣深裂，外型像輪胎，因此阿美族人又叫它輪胎茄。幼果是深綠色，顏色轉淺後很快變為火紅色，看起來比番茄扁，卻多了稜角，據說口感類似苦瓜，但比苦瓜還要苦，是一種相當好種又耐命的野菜。

網路資訊上還說，紅茄果實尚可入藥，具有消炎止痛、散淤消腫的功效。

剛好《商周》也介紹了布農族的傳統作物：油芒。根據中研院研究，油芒穀粒所含的營養成分遠比小米、稻米還高，也已進入挪威斯瓦爾巴（Svalbard）末日種子庫備份保存。

想起神農氏嚐百草，其實許多良藥或許就在身旁，只是西方主導的醫學，未及做更深入謹慎的科學探討。

原住民在各行各業成功的人非常多，我隨口提到歌手阿妹，她搖搖頭，說阿妹是卑南族。其實有關原住民這方面的知識還真一片空白。回來就再翻資料。

根據行政院國情報告，臺灣目前族群組成以漢人為最大宗，占總人口百分之九十六．四；原住民族群占百分之二．五，包括阿美族、排灣族、泰雅族、布農族、魯凱族、卑南族、鄒族、賽夏族、雅美族、邵族、噶瑪蘭族、太魯閣族、撒奇萊雅族、賽德克族、拉阿魯哇族及卡那卡那富族等十六族，已逾五十八萬人，其中近一半逾二十九萬人遷徙到都會地區。

另根據二〇二一年的調查研究結果顯示，全國客家人口約有四百六十六萬九千人；另有新住民主要來自中國大陸及港澳地區，其次為越南、印尼及菲律賓，共計五十七萬七千九百人，約等同原住民人口。而為因應經濟發展所引進的移工，也已有七十一萬餘人，所以我們實在是處於一個溫暖和諧的多元社會。

我說妳回家媽媽是不是很高興？她笑著說媽媽開始偷懶了。我說可能因為妳孝順，且回家心情輕鬆，所以病情才會更進步。至於身體的不適感，應該稍事休息就可以恢復。這又是一個心重於身的好例子。

DMChang

因為她當場要大家幫忙推廣，特地抽空到濱江市場探詢，老菜販聽到苦茄都搖頭，不是沒聽過，就是說太苦少有人買，也沒人賣，看來想吃得苦中苦，還得看機緣。

名字

七十來歲很有氣質的女性，姓名是很特別的×煩煥，看過令人難忘。其實我第一次門診看到她時，應該已是十多年前了吧，就覺得應該是個有故事的名字，但也沒多問。

直到我要替人取名，才知道名字的形成，是如此的舉棋不定、難以定奪。聲音要上揚、寓意要良善、筆畫要大吉、諧音不撞邪（如龔沙曉），其實也不過就配兩個字，卻上窮碧落下黃泉的難尋難覓，怎麼擺放都不對，這才開始注意別人的名字。

這位女士，姓名就三個字，卻是三把火，特殊的姓氏帶火，名字也全為火字邊，看了就熱起來。

是命中缺火？她說不是，根本沒算過八字；是新官上任？也不是，一直就殷實人家，沒當過什麼官。看我好奇的眼神，才不慍不火的回，就老人家重男輕女。因為渴望兒子，卻偏偏接連生女兒，心頭一把火，毫不掩飾的先給個煩字；這還不夠，心火仍未平息，再選個與換同音的煥，就是想換，不知道是要交換，還是換手氣，然後再點上兩把火。

她笑說也可能是老人家覺得陰氣太重了，要火、要旺，根本就沒管她命裡是否缺火。

其實她是位乾燥症病人，不但口乾舌燥多年，眼睛也乾，檢驗數據，抗ＳＳＡ抗體：191，抗ＳＳＢ抗體：36，也拿了健保重大傷病卡。當然這疾病是因為外分泌腺，尤其是淚腺、唾液腺，受免疫系統異常的影響而發炎狹窄，根本缺水。

詢問全身乾旱該怎麼辦？有沒有痊癒的一天。想一位缺水的病人坐火堆裡，想到都乾。看一副愁眉苦臉，就先笑著回，不如把煥字換成渙，也許就出水了。她笑了出來，眼角有些晶瑩，真飆出淚來了。當然因為是老病人了，可開個玩笑，玩笑開完，還是再補充說明一些個人能做的衛教。

其實，姓名受之父母，那是一種親情血脈的連結，即使是菜市場名，即使帶著長輩的不甘不願，呼喚的每一聲中，一定仍充滿了疼愛和期許，也一定都是很火的正能量，無論如何該當珍惜。

好年好福氣

五十來歲婦女，態度溫婉清和，舉止謹小慎微，一件醬褐橘粉色的外套，粗工粗料，卻散露著彷彿源自泥土大地的平樸之美。

帶著小孫女一起來，稚嫩的臉龐，雜亂的綁了個小辮子，像草坪上奔啄草籽的麻雀，古靈精怪的在陪病的旋轉座椅上跳上跳下，反正跟著阿媽來，天地不怕，完全目中無人，充滿童真。

女士神情緊張的來聽上週檢驗的結果，彷彿戒備中的母雞，任身旁的麻雀再怎麼跳弄，也無動於衷。原來八年前在新北市一家醫院，被診斷為全身性紅斑性狼瘡，但也就只是模糊的記住了個病名，聽聽就過去了，因為實在無暇兼顧。

當時家裡有位年邁且失智的公公，白天自己工作全不得免，晚上還得輪班照顧。不知道是該驕傲還是認衰，公公居然只認她，女兒們沒耐心，輪值個一、兩次就失了性情，她覺得責無旁貸，就蹽落去整個接掌，也就沒再管自己的病，沒吃藥也沒繼續追蹤。

公公過世後，又得照顧四個孫子孫女，一個個拉拔長大。今天來，帶來的這個已有四歲，上了幼稚園，如釋重負的說是最後一個了，這才想到自己也該檢查一下，再回首，已過了八年。

打開電腦資料，其實僅依檢驗數據，已可診斷全身性紅斑性狼瘡，確實無誤。包括陽性的抗核抗體 ANA、anti-dsDNA、anti-Sm 抗體，略低的白血球和補體C4。但病情就是非常穩定，也沒有包括腎臟、心肺等重要器官的侵犯。

真的由心底感到高興，只能說天公疼好人，狼瘡默默的伴著她行走，看著她行善積福，安分不作聲的守護一旁。

大聲告訴她沒事，暫時仍不需吃藥，好人好福氣，過一段時間再追蹤就好。她也開心的道謝離開，跟著那隻活蹦亂跳的小麻雀，滿心歡喜。

新年的第一天，祝福大家，健康平安，萬事如意，好年好福氣。

身心

五十來歲女性，ＸＸＬ體型，著黑白格子麻質襯衫，灰布長裙，即使裙弧很大，還編織了幾個寬摺，卻仍遮掩不住厚闊的骨盆，不知道怎麼長成了這樣一副骨架子，整體就是個大型金字塔，人也是埃及豔后型，帶著古典的氣質和冷傲的態度。

診斷是乾癬，遍布全身，但幾個月才來一次，只是每次來都要裙襬撩起來，看一下小腿上最為血紅猙獰且帶著厚重銀屑的病灶。

或許其實並非生來冷傲，也非拒人千里，只是因為惱人的皮膚，影響觀瞻而變得孤僻，久困愁城，自然也就高牆深築。

以滅殺除癌錠每週四顆治療，反應良好，硬逼退那漫天豔紅，如落日沉陷，逐漸褪了血色，由淡粉再轉為灰褐，也砍平了它的蓬勃，變得匍伏委頓，明顯收斂了許多。

今天來，仍然板著一張平酷的臉，氣音低沉的訴說，最近剛以內視鏡微創手術切除膽囊，肚皮上三個洞，流了很多血。因為開刀，自己就把藥全停了，感覺萬念俱灰。講那個「全」字時，稍微停頓一下，抬眼看看我，一副欲言又止。順口問都是哪些藥呢？

這才知道，她原本也同時服用抗憂鬱症的藥。乾癬藥沒吃，也就罷了，短時間內不至於有大影響；但憂鬱症的藥斷了，也就難怪整個人看起來沒了生氣。

看那一臉的沮喪，瞬間飄過一個念頭，到底是基因影響個性？環境影響態度？基因影響疾病？環境影響疾病？疾病影響心情？還是心情影響疾病？還是根本互為表裡，相伴相生。

若要拆解，是身體的疾病重要？還是心裡的疾病重要？誰先誰後？誰因誰果？當這些因素交雜在一起，還真的難分難解。唯由此例觀之，仔細思量，其實身體的疾病或許還有時間彌補，但心裡的疾病卻能一下讓人了無生機，醫病雙方都應體認身心的互為表裡，絕不能偏廢。治病治心，治心治病，方為良策。

這幅畫，漫天的紅是乾癬猙獰的顏色，但總有陽光、空氣、水，伴一顆寧靜的心。一葉扁舟，天地遨遊，就像楓葉，再紅，總等得到春天。

明明有加

五十來歲女性，短髮黑面，應該是先天黑肉底，像霧面板金過的車殼，但或許也不算很黑，因為還能看得出臉上散開來的黑斑，像誤入醬缸底載沉載浮的黑蚊，或黑森林蛋糕上隨意潑灑的巧克力。

是全身性紅斑性狼瘡的老病人，所謂老，應該都看診二十年起跳。目前服用必賴克瘻每日一顆，移護寧早晚各一顆，病情控制得相當穩定。

上個月來，突然告訴我，近來視力有些模糊，經眼科醫師檢查，告知有輕微黃斑部病變。因為一向都會叮嚀長期吃奎寧的病人，至少每年必須看眼科確認視網膜沒問題。因此乍聽之下確感吃驚，怎麼會突然有了問題？細問方知，平常雖然規則看眼科，但多在家附近，反正也沒有症狀，並未特別強調檢查眼底，也一直被告知正常。直至看東西感到模糊才驚覺出了問題。

當然立刻停用奎寧，為了控制病情，又新增了免疫抑制劑新體睦五十毫克，充分解釋完後，才讓她回去。

這次來，補體C3、C4明顯較上個月低，顯示病情似乎略為活躍。感覺有些納悶，兩顆新體睦抵不過一顆奎寧？不禁抬頭瞪大眼睛盯著她問：「新加的藥有沒有吃？」觀其眸子，人焉廋哉！妳若偷跑，絕對抓到。

未料，黑面上驟然翻起一對白眼，她幽怨的說，您講了半天卻根本忘了加新體睦，又少了奎寧，病情當然有變。

說我忘了？這可是攸關醫師是否失憶的國安問題。電腦就算沒有紀錄，也絕對是電腦的問題。只能硬掰著說，早練就隔空抓藥的本事，怎可能沒有收到。二十年的交情，話都講到這了，應該也就算了，反正也沒有怎樣。

沒想到她居然不算，可能平時耳提面命得太認真，總強調絕對不要私自減藥。她緊咬著不放，一本正經的澄清，「明明」沒加還講。雖然仍帶著笑意，其實已經有拌嘴的味道了，更重要的是，沒加就算了，還直呼我的名字，這能吞得下去嗎？

這節骨眼，反應得快，靈光乍現，立刻手指著天，字正腔圓的說，「冥冥」有加還講。再補充說，老天明明已加過了。

強辯至此，就得靠交情收場了，幸好算得上深厚，兩人相視而笑，知道無傷大雅，也就偃旗息鼓了。

這次當然不會再忘了，仔細解釋完用藥的注意事項後，就約好了下個月同時段老地方再開講（臺語「聊天、抬槓」）。

這幅畫由「冥冥」出發，一手指天，隔空施藥，以簡單的顏色表達清雅的感覺，同時獻上健康的祝福。

若有所思

兩位五十來歲女性聯袂走進診間，前面的略顯豐腴，後頭跟著的則相對乾瘦，說是一對姊妹花。

前面這位進來後，感覺一直對著我笑，似乎還是那種久逢知己帶些曖昧的笑。但左思右想，確定不認識。這種笑法還真是讓人毛毛的，不知道想幹嘛！

瘦小的妹妹逕自坐了下來，確定是看診的主角，但卻不怎麼看我，只仰著下巴，抬頭直愣愣的看著站在中間的姊姊，彷彿一切有人做主。

胖姊姊應該是一直目不轉睛的盯著我，因為即使眼角，都可以接收到那股殷殷聲索的目光，和一抹詭異追逐的微笑，形成螳螂捕蟬黃雀在後的奇妙連結。

審時度勢後立刻坐挺了身子，正經八百的直視正主仔細詢問病史，免得節外生枝。聽完症狀描述，應該是乾燥症的病人，迅速安排檢查俾便確認。

眼看就要結束了，斜旁站著的姊姊終於忍不住的向前跨步開口了：「院長，您不認識我啦。」這樣的問話像是過去認識，但剛才明明已將腦中記憶體掃描了一遍，硬是完全對不上。不過反正看診已告一段落，就放膽抬眼再仔細瞧瞧。

這才注意到她左眼較右眼狹小且混濁，臉上還有些微修整過的傷疤。這樣的臉卻一直沒獲得我的正眼，內心實在有些抱歉。其實只是為了閃躲那炙熱搜尋的目光，倒不是迴避那張破碎的臉。

她發覺雙方好像還沒有接軌，就開始講古，自述年輕時是在李登輝、連戰先生身邊走來走去的人，雖沒描述職務，但至少身處廟堂之上，或者曾經炙手可熱。

但一場嚴重車禍改變了一切。不但傷了左眼，近乎失明，臉上開了花，脊椎也受傷，說開刀前被告知可能會終身癱瘓，幸好恢復了過來。之後不得已調離原職務，被安排到三總的掛號臺。可能是長官的美意，方便她日後就醫復健。

她接著說，那時候您剛回國，每次都忙著為您的病人加號，全三總就您和另一位骨科醫師的號最難掛。後來她不知何故不做了，但一直記得我，所以妹妹有相關問題，就第一個想到我。

哇！原來是後臺同仁，難怪沒印象。但剎那間，我看到的是一張柔和的臉龐和一雙美麗的眼睛。過去的時光，總那麼美好，那麼迷人；而老朋友們，總那麼深情，那麼溫暖。不禁反思，一路的順遂，是多少人血汗的堆砌；臺上的風光，是多少人默默的玉成。

緬懷過去，更感念曾經並肩任事的朋友。願能更盡綿薄，償補年輕歲月別人的付出。

一如田野中的農夫，埋首烈日、揮汗如雨、自種自摘、欣喜收割，彷彿一切成之在我。但山川河流、煙雨斜陽、花鳥蟲魚、四季五行，莫不相依相隨。是所以更應謝天謝地，感恩別人曾經的一臂之力，和適時伸出的援手。

想起李白的〈春夜宴桃李園序〉：「夫天地者，萬物之逆旅。光陰者，百代之過客。而浮生若夢，為歡幾何？古人秉燭夜遊，良有以也。況陽春召我以煙景，大塊假我以文章……」。詩仙的高度，古文的美，令人沉醉，令人神往，更令人若有所思。

D.M.Chang
23'11"

高齡夫妻拐子馬

老先生個頭不高，相貌清癯，著一件名牌 Burberry 的標準棕黃格紋襯衫，戴同款壓舌帽，一副深黑墨鏡，再加上口罩，面無表情的進了診間。

當然沒有表情，應該說其實根本看不到他的臉，哪來的表情。

走到眼前，酷酷的說了一句「大夫好」，就逕自坐在看診椅上，悶不吭聲的熄了火。

看電腦資料，吃了一驚，竟已高齡九十五，精神、體態都維持得不錯，真不知道是怎麼保養的。老先生罹患的是較為罕見的免疫球蛋白四（IgG4）相關疾病，不過病況已穩定，門診規則追蹤即可。

太太緊跟在後，梳理得典雅俐落，應該也九十來歲了，輕手輕腳的，坐在斜後方的角落裡，規矩謹慎的態度，看來就像個富家公子的貼身丫鬟或書僮，卻始終漾著一抹神祕的微笑，絕對不亞於蒙娜麗莎。精明亮澈的眼神，像雷射一樣的鎖定了坐在前面的先生，無盡關愛。

起初她雖也不言無語，但那態勢卻感覺根本是個背後靈，或布袋戲裡的操控者。她坐下來沒動，但猜只要她一動，老先生一定跟進。這樣的描述，讓主僕分際有些混亂，其實老夫老妻後，應該就都亂了，但也亂中有序，只有他們了解彼此的節奏，還能配合著一搭一唱的跳探戈。

免疫球蛋白四的數據倒沒什麼改變，但尿酸卻由5.9飆到9.3，那時候剛過完年，應該是亂了作息，但還是得問，是否有什麼特殊狀況，是不是吃得太補了，至少知過能改。

老先生仍然毫無表情，像棵老松，淵渟嶽峙的文風不動；也像隻老龜，匍伏生息的頤養天年。但頭微向後撇了一下，似乎隱約的透露了一絲等待。

老太太立刻發話了，「他生活很簡單，早上睡到自然醒，下午就玩電腦。」

哇！這麼從心所欲的日子，還這麼時髦，九十五歲了還玩電腦，看來年齡真不是問題。

他都在玩電腦麻將或圍棋，老太太再補充。反正我忙我的，他就一個人玩，多年來，就這麼過日子，她掛著那抹微笑平淡的說。

婚姻到這程度，已經是室友或閨密了，就是個懂你伴你的人。就像一鍋湯，料都加好加滿了，味道也定了，也沒力氣再翻騰了，就溫火燉著吧！

穿透過墨鏡，看到老先生的眼睛彷彿瞇了一下，可能是個認同的表情。老太太繼續說，我們是一杯米兩人吃一天，他也不喝酒，但可能一天都坐著不動，水喝少了。侃侃而談且言之成理。

這也是特殊的看診經驗，坐前排的主角「恬恬」，好像忘了裝上聲帶；後排的卻帶了大聲公，無所不知、無所不在的代言。看診時，得眼睛看著前面，耳朵聽著後面，問答間，常不知道目標是誰。

也罷，這對應該有鑽石婚了吧，也不必再多嘴的問對錯了，就相信老太太說的，繼續開藥再做個雙人衛教。

出診間前，老太太明明靠近門，卻微退半步，閃身在旁，讓出路來。老先生

一馬當先，昂首闊步，只在跨出門前，回頭說了句「謝謝大夫」。

這般的言簡意賅，也能完成看診，還賓主盡歡，不得不讚嘆高齡夫婦的相依相伴，才能像拐子馬般的馳騁江湖。

唯一的不中用

九旬老翁，瘦高個子，著粉紫雙色花格子襯衫，暗灰長褲，硬朗挺拔，應該是軍人出身，舉止間仍流露著剛毅威嚴，其實根本不苟言笑。進診間，微頷首，就徑直往椅子上一坐。

女士緊跟著進來，稱是陪著先生來看病，徐娘半老，打扮得花枝招展，著黑色紗質洋裝，領口袖口鑲著蕾絲邊，襯著略顯福態的白皙皮膚，抹著血色口紅，像隻胖蜜蜂圍著花朵轉，有點嗡嗡，還似乎垂涎欲滴的殷切。

老先生的關節炎當然老毛病了，其實病情穩定，數據還有稍許進步，每次回診，應該也就是拿個藥散散心。不由得誇他依然瀟灑健朗，也就是逗逗哄哄。但人家可聽了當真。不自覺的腰桿挺直正襟危坐，精氣神全來了，肅穆的臉流露著得意的歡顏。

女士一旁也看得高興，挽著他的手說，兩人其實相差二十九歲，他知道要來醫院，精神特別好，也吃得多，症狀都輕了，可能疾病害怕醫師噢！

接著說，來時一起坐捷運，兒子還擔心他吃不消，但其實一點問題也沒有，一路上趴著車窗看風景，高興得很。話匣子開了，再笑著嚷，我的閨密說，妳可要把他照顧好，因為多一天多領兩千元，哈哈哈。

講的應該是退休俸，看來這俸祿還是塊免死金牌。不過她說得口無遮攔、灑脫自在，完全真心無欲的赤膽忠心。

聽到滿室的讚美羨慕，老先生高興得五指併攏、下顎微收、縮小腹，以為要立正敬禮了，卻是高舉雙手，再往腹部連拍了幾下，頭一昂，中氣十足的說，除了關節，五臟六腑都是好的。

這下慚愧了，原來弄了半天，就我這科有問題，這麼久了還沒把人家看好。原來那可是他自認全身唯一不中用的地方。既然責任重大，只能繼續勉力為之，也誠摯祝福他們，那每天的兩千元，能夠長長久久的領下去。

眼裡的星星

十八歲男孩，瘦高個子，著藍色衫褲，看起來斯文乖巧。口罩後的嘴唇略顯蒼白，還不時伸舌輕舔，顯得有些浮腫脫皮。是由阿嬤帶著來看皮膚疹，卻默默的跟在後面，檢驗後顯示對塵蟎過敏。

阿嬤單方面口述，男孩兩個月大時，父母離異，母親一走了之，父親再婚，又另有了小孩，卻和他徹底切割，不再管這段往事，也拒絕讓他進入新家庭。他於是流離失所，天涯獨行。

幸好阿嬤疼孫，一手帶大。但不幸他從小就罹患了選擇性緘默症（Selective mutism）。而時光流逝，阿嬤畢竟年老力衰，已深感力不從心。

講這些話時，男孩微笑的仰視著白髮的阿嬤，像看著暗夜裡的星星，雙瞳也閃著星星。

選擇性緘默症是一種社交焦慮症，患者有正常說話能力，但對某些情境或人物總說不出話來。比較常見的是上學時不說話，得回到舒適、安全及輕鬆的環境才願開口。他們通常不願意參與團體活動，好在其他行為和學習能力都屬正常。原因很複雜，當然跟家庭因素脫不了關係。

阿媽說他學餐飲，已擁有多項麵包、西點、烹飪的執照；游泳更是身心障礙組全國冠軍，鋼琴、電腦也都很強，只是不愛講話也不溝通。他生活在白色的麵粉裡、透明的水流裡、跳躍的音符裡、黑色的鍵盤裡，都一個人的世界，卻寂寥得令人揪心。

阿媽說他沒朋友，想養條狗，反覆問我，他會不會對狗過敏。檢驗數據為1（0是沒有，2以上有意義，表示過敏）。但考慮阿媽說，她老了，狗可能會是他唯一可靠的朋友，可以陪著他，就斬釘截鐵的說可以養沒問題。阿媽高興的看著他說，回去快跟阿公講，醫師說可以，要趕快買一條。

阿媽又偏頭問他想養什麼狗，他想都不想，笑看著阿媽說：「柴犬。」阿媽回頭看向我說，他知道阿媽喜歡柴犬。心再被割一下，好狠心的父母。

人的出生，有的充滿愛，有的圍著恨，都不是生命所能選擇或左右的，但仍要辛苦的走完一生。他未必想來這世界卻呱呱落地，父母創造了他的生命卻又狠心的遺棄，他卻仍然要為了生活而學習而奮鬥，仍然要面對一樣的生老病死。我其實有些悵然，也有些心痛。

特別花了些時間，不斷鼓勵他，問他的意見，等他的回答。阿媽問我要不要讓他上大學，我說當然，他有能力做好，未來也許是餐飲大亨、體育老師、鋼琴王子、電腦天才，或者考慮當個獸醫，我用心的幫他想，彩繪一些美麗願景，因為我看到他眼裡的星星。

德明

畫中空氣很多

門診一位文青型的女生，看診結束前突然說，在臉書上看了我的畫。這讓我有些靦腆，氣勢頓挫，不像談醫學、談風濕免疫那麼胸有成竹、意氣風發；談畫，聲調都輕柔了。

先問我畫都多大，我說一律四開。搖搖頭，說紙太大不好駕馭，可由明信片大小開始，她也都只畫A4。啥？畫A4的來指導四開的？像啥？像經營柑仔店（小雜貨店）的嫌百貨公司開太大，還要別人縮小規模。

其實前些時候還想改畫二開，不大怎顯得出氣魄，怎揮灑得開。要不是阮囊羞澀、不好存放，且或還真駕馭不住，早就又再大一倍了。

心中冷笑，念頭輪轉，但對方看起來確實像個行家，氣定神閒的談畫，就像我談風濕免疫一樣。忍不住輕聲的問，覺得畫得如何？輕聲當然是因為心虛，沒受過正式教育，隨興所至的亂畫一通，自己心裡有數。

她猶豫了一下，開口回說，感覺畫中空氣很多。沒聽錯吧，這麼抽象的評語，一時間抓不著邊際，想人家或許是說畫得太空泛？太空白？太空虛？太空洞？太四開？只能尷尬的隨口回應，因為想節省顏料。

不過也確實如此，一張四開畫，要消耗很多水彩顏料，捨不得用，自然就水多色淡了。

不死心，追根究柢的再問，「空氣很多」到底是啥碗糕。她看這醫師認真了，應該是想畢竟在人家地盤上，就低聲的回說，就是很有生命力。

吼！鬆了一口氣，都不一下講清楚，既然是這個意思，那何妨講大聲些，至少該讓隔壁診間也能聽到吧！

固然心喜，還是將信就疑，回家就立即上網查閱，打入「畫中空氣多」的關鍵字。網路上還真什麼知識都有，立刻跳出一段相關訊息。

「畫得像的人很多，卻少有人和他一樣畫出光與空氣感、畫出精神與生命力」。奇美博物館展教組組長王邦珍，曾評論七十來歲荷蘭當代寫實畫家哈勒曼特（Henk Helmantel）訪臺策展的作品。哈勒曼特畫中的美與平衡，不僅止於如實描繪，還需經過不斷微調構圖與色彩，才能臻於此境。

當然完全到不了此一境界，但感覺「畫中空氣很多」似乎就至少不是太負面的評價。正如一篇文章，也只是在傳播一種想法，若僥倖能讓讀者融入其中，感同身受或有所啟發，或感受到生命力，就算達到目的。畫又何嘗不是如此，那一瞬間的觸動，也許就有相當的能量和收穫。

不管空不空，仍然會繼續寫、繼續畫，傳播知識和情懷，抒發正能量，自娛娛人。

後來聽說人家可是有名的畫家，那得空就一定要靜下來再想想，什麼叫畫中空氣很多，是該更多些還是更少些，是該明信片、A4、四開、還是二開。

這幅畫，仍是淡淡的四開，沒一番執著，怎可能走遠。心裡一直掛念著空氣，或許就在花團錦簇間。若沒有空氣，怎可能繁華似錦，又何須尋覓。

麻雀的天空

四十四歲狼瘡病人，眉清目秀，五官深邃，黧黑的面容，在黑框眼鏡下，透著羞澀，甚至帶著些微敏感疑懼和陰沉委屈，彷彿隨時會落雨般的鎖著重重雲霧。

每次門診總由母親陪同，母親粗粗壯壯卻溫溫柔柔的，幾乎沒聽她說過話，就只站在女兒後方，藉由笑聲的抑揚頓挫傳達出心情，但聽起來總好像是戰鼓，是擂擂不斷的加油聲，看得出母女感情深厚，相依為命。那一份真心，無庸置疑。

狼瘡病情其實已穩定很久，藥也服用得極少，每次來抄錄完檢驗數據，大致再例行交代一下就完診了。這次來，卻見補體下降，顯示病情有了活躍的跡象，於是停頓了下來，打量著這一對母女，傳達給個解釋的訊息。

抬起黑框眼鏡下的一對大眼睛，她露出略帶羞澀的淺淺笑意，感覺非常壓抑的、含蓄的說，剛找到一份新工作，在萬華附近的一所小學教書，可能有點疲累。

有新工作，可喜可賀，當然也可以合理解釋，是這份突發的緊張和壓力，扮演著壓垮駱駝的稻草角色。

不過內心確實略感訝異，坦白說，過去的經驗很難連結眼前這位頗為內向的小女人，竟然是位小學老師，做著這麼令人尊敬的工作。

回想起自己念小學，破布鞋、美援褲、當班長、模範生、抬便當、唱歌、畫畫、籃球、補習、考試，腦袋幾秒鐘的迷離，嘴巴卻拖拉著猶疑的問，小學生不是都很可愛，怎麼會有壓力呢？腦中浮起隨時討抱抱的子系，再回神過來，看著她繼續聆聽。

她輕聲的述說著，教的是五、六年級，學生太皮不聽話，所以很吃力。一旁的母親則以充滿驕傲憐惜的眼神看著她，龐大的身軀像一座山環抱著，靜止不動卻充滿力量。

這我能理解，媒體上還報導有老師被學生霸凌，甚至毆打，真的時代不同了，許多事情已超出過往經驗。老師在課堂上一樣傳道、授業、解惑，學生卻可能因網路知識的發達和取得的容易，甚至家庭與社會教育的偏差，或個人的輕浮隨便，而減少了對師長應有的尊敬和感謝。

我接著問，妳教哪一科？腦中浮起的是數學、理化、國文、自然，甚至音樂、美術，當然一下猜不準。她低聲略帶羞澀的回說：「我是原住民，」抬眼看一下我，略帶緊張的搜尋我的反應，接著說，「我教原住民語。」感受到一旁巨大的身影也投射出關注的眼神，母女倆謹小慎微的姿態，就好像鳥類看到老鷹，介紹自己是麻雀。

當然沒有反應，原住民是這塊土地最早的主人，我該有什麼反應，只有尊重和抱歉。小學有教原住民語？這是內心真正的詫異，也脫口而出。是選修，是讓原住民小孩不要忘了母語。我問原住民不是有十六族嗎？那妳都會嗎？這要怎麼教？問題因好奇而源源不絕。

查閱二〇二三年最新版的民族語：《全世界的語言》（*Ethnologue: Languages of the World*）一書，全球目前有一百九十六個國家，至少有七千一百一十七種語言。亞洲就有兩千兩百九十四種；非洲有兩千一百四十四種；美洲有一千零

六十一種；太平洋地區有一千三百一十三種；歐洲也有兩百八十七種。此外，有一百零一個國家的人使用英語；六十個國家使用阿拉伯語；五十一個國家使用法語；三十三個國家使用中文。一樣是人，卻有截然不同的溝通方式。

臺灣應該也算是「多語國家」，從國語、臺語、客語到原住民的十六族四十二語別，如果再加上新住民母語，臺灣實際上使用中的語言也相當多。

她說因為阿美族人較多，她只教阿美族語，每週要上四堂課，各年級都有。她看我充滿驚訝，再補充說，小學也有越南、印尼語的選修。這的確讓我大開腦界，原來我們的教育也因時制宜，有了許多突破和進步。

能學是幸福的，能教更是難能可貴，而能教母語讓自己的文化傳承，應該是非常令人欣慰的。明天我也要去課堂教風濕學，心中覺得感恩，也就樂在其中了。和她分享心情，也期待她能釋放壓力，即使麻雀也有無垠的天空，要自在的飛翔。

亂點鴛鴦譜

六十八歲女性，瘦高個子，穿著一向整齊合身，頭髮梳綁得一絲不苟，但臉上總掛著如坐針氈的焦慮和憂愁，走路一馬當先，急如星火，講話也斬釘截鐵的如芒似劍。已罹患類風濕性關節炎多年，目前正使用生物製劑治療，病況相當穩定，當然也就都笑著講話，絕無冷場。

先生每每隨侍在側，應該超過七十歲了，略嫌矮胖，精神倒挺好的，看起來慢條斯理的不疾不徐。今天來，可能氣溫稍降，頭上戴個鴨舌呢帽，前簷壓得很低，犀利眼神仍由呢帽下口罩上飄閃而出，臉上藏了風霜也帶著嚴肅，不苟言笑盯著場，擺明了不好惹。兩人同行，他絕對是扮黑臉的那位，其實也長得黑。

聊聊病情，大致安好，但隔著口罩，經常得吼著重複問題，她也得不時身體前傾，還不時回頭看看，才能勉強應對。

就閒丟了句話，「妳耳朵不太好啊？」她輕輕點頭，顯出些許的不自在。先生一旁聽得仔細，撇撇嘴，斜睨了她一眼，語帶揶揄的、淡淡慢慢的說，「耳朵不好，但嘴巴可利了，沒事找事的修理人。」一下子還聽不出來，這是落井下石的趁機嗆聲，還只是想平衡一下，幫太太找回點面子，至少有一好。

太太沒什麼反應，似乎是默認了；或根本沒把旁邊人說的話當回事；或人前暫時按捺著不發作，回家慢慢算帳。

乾脆朝著先生說，「那你也裝耳背，她再怎麼唸，反正也聽不見不就算了。」因為知道很多年長的先生都耳聾得早，反正生命總會自己找到出路。

「那不行，她唸我不回應是混不過去的，每次都我幫她聽事情，她知道我聽力好，不可能到她講就突然聽不見了。」

看來，這邊是說不通了。

再轉回去跟她說，「不然嘴巴少講一點，耳朵就會聽得更清楚。」自己也不知道是什麼邏輯。

先生卻跟著說，「醫師叫妳不要太多話。」

她搖搖頭，「這我沒辦法控制，如果做得好、做得對，我才懶得講呢！」說著還向後上方白了一眼。後上方的不自主的壓了一下鴨舌帽。

急驚風碰個慢郎中，嘴利耳背碰個嘴拙耳聰，這鴛鴦譜是怎麼點的啊？

萬一那天沒來

六十六歲女性，一位類風濕性關節炎的老病人，據稱過去是位籃球員，打中鋒位置，身高應該超過一百八十公分，手長腳長，即使這麼多年過去了，還保有那個架式，走著像一堵移動的牆，當年應該確曾制霸禁區、叱吒風雲。

每次門診，總穿件深色T恤配長褲，著球鞋或布希鞋，依然運動員本色。為這關節炎，門診應該看了二十年以上，印證了那句老話，這麼多年，沒幾個病人看好的，只是拖拖拉拉的把許多病人由姑娘看成了阿媽，每次都相見甚歡，卻總有一點怎麼又來了的不好意思。

今天來，大塊頭一屁股沉重的落在診椅上，苦澀著一張臉，反覆抱怨著全身疼痛該怎麼辦。其實在生物製劑的控制下，關節炎發炎指數都已回歸正常，應該早已進入緩解期。只是很不幸的，在漫長病程中，她已接受過八次手術，光一次車禍跌倒手腳骨折，就開了好幾次刀。屋漏偏逢連夜雨的事，臨床上還真不少見。

疼痛該怎麼辦？我先解釋跟當下的病情應無直接關係，反而可能和骨質疏鬆、幾次的外傷和手術、變形的關節、焦躁的心情，甚至颱風天有關。再叮嚀，若沒有絕對必要，千萬不要再開刀了，身上許多的鋼釘鋼板，天氣一變，難免疼痛難耐。

看說不動我再加重消炎止痛藥，無奈的問我，那針灸會有效嗎？我說這倒可以試試，至少應該沒有傷害。

談到最後，她突然眼睛直直的看著我說，若是那天沒來，先謝謝你這麼多年的照顧。心頭一震，這是假情勒？還是真辭行？只能不動聲色的回說，那就把鬧鐘設好，才不會睡過頭，時間一到就給我準時過來。

她勉強笑了一下，不知道是否認為我沒聽懂，又接著說，反正我會死黏著你，但萬一那天沒來，停頓一下，給了個眼神，應該就是那個意思了，反正就謝過你了。

講這話的時候，還是農曆七月，剛過中元，聽完「死黏著你」，背脊發涼。也不過看個病，就算沒看好也不能這樣吧。但總還是要給她些支撐。就故意再無厘頭的說，那天沒來，我知道一定是去針灸了，就改天再過來吧。她一定以為碰到了個愣子，文學底子差又沒默契。

這時候講這樣的話實在令人傷感，當然此刻千萬別自作聰明的接話，回個「不客氣，好走不送」。蠢蠢鈍鈍的就好，反正這麼多年病也沒看好，她會相信我真的沒聽懂，也應該還會繼續找機會暗示她的沮喪，希望我總能聽懂。只不過拖拖拉拉的，病也看不好，話也聽不懂，一晃就又數十寒暑。

醫師緣

兩位年約六十來歲的女士結伴而來，素淨的臉龐脂粉未施，分著一襲暗灰和暗藍色的碎花洋裝，淡樸老舊，迷濛著來自鄉土的僕僕風塵。

進診間後，兩人都謹小慎微的環顧打量，眼神流露著絲絲不安，卻帶著友善靦腆的微微笑意。

略福態的女士坐了下來，清瘦的則站在斜後方緊貼著，兩人同時睜大了眼睛盯著前方。她們先自我介紹是一對姊妹花，坐下來有問題的是妹妹，後面的當然就是御前帶刀侍衛的姊姊。

女士伸出雙手，手指明顯的梭形腫脹，且已略為變形，謂已持續超過半年以上，乍看應該是類風濕性關節炎。

告知是臺南人，已在南部醫院確診為類風濕性關節炎，但服藥一段時間後，仍未見改善，特別搭高鐵北上看診。

心中略感驚訝，也總有些虛榮，但好奇南部醫學中心或大型醫院甚多，優秀的專科醫師也比比皆是，何需舟車勞頓？

故事開始進入高潮。原來臺南來的兩姊妹凡事問卜，因為關節炎病情久未好轉，於是依慣例求問神明，且獲得具體答案。

雖然學的是西方科學，但仍不敢忽視宇宙間的其他能量。人類自古神明相隨，若皆屬無稽，或也難在歷史中橫亙千年，畢竟世界上仍可能有太多並非渺小人類所能理解的事物。常存敬畏之心，也是策勵人心向善的法門。

好奇是何方神聖？答是她們從小篤信的媽祖。再問神廟何方？答是位於臺南市安南區土城的媽祖廟，兩人並異口同聲的特別強調，是正統鹿耳門聖母廟。並一再強調「正統」兩字。

查閱維基百科，特別介紹此一媽祖廟，占地遼闊，全臺灣面積最大，甚至是東南亞最大，香火鼎盛。是一座主祀天上聖母（媽祖）的廟宇。

因為說是媽祖指示的，更添好奇，心想怎麼可能？芸芸眾生，要如何點名指引？

原來她們先將網路上推薦的醫師名單，包括南北幾家大型醫學中心，在媽祖面前擲筊。據說其他醫師都沒筊，只有到我，給了兩個聖筊。女士說，您功德無量，已上達天聽，原來事情原委是如此這般。當然有其無稽玄奇之處，但也無從考究。

其實行醫生涯中的類似事件確已不止一樁，但多將信將疑也未往心裡去，更從未追根究柢，唯相信人間自有所謂的先生緣，福德不同，因緣各異，天機也無得參透洩漏。

既然有這樣的故事，當然得卯起精神看診，自己受謗事小，不能弱了媽祖神威。其實應該也就是一份特殊的醫師緣，緣分到了，自然不遠千里而來。

好奇心的驅使，利用南部演講的機會，走了趟臺南，並專程去「正統鹿耳門聖母廟」讓媽祖驗明正身，一圓神話。

颱風臺南

前文〈醫師緣〉最後一段：「好奇心的驅使，利用南部演講的機會，走了趟臺南，並專程去『正統鹿耳門聖母廟』讓媽祖驗明正身，一圓神話」。後來許多人好奇問我：「真去了？」真去了。

二〇二三年七月二十八日，杜蘇芮颱風及其外圍環流仍籠罩著南臺灣，臺南一早發布停班停課的快訊，卻由臺北搭高鐵追風而去。倒不是閒情逸致非逆天而行，只是車票早買好了捨不得廢，買車票則是聽了擲筊的故事當時就決定了。

十點二十分由高鐵站出來，氣溫是涼爽宜人的二十六度，淋漓的路面，落葉滿地，居然還有許多碗粗的路樹傾倒，人少車稀，在風中飄聚著濃濃的雨水味，的確是典型的颱風天，難怪城市像被按了休止鍵，慢慢悠悠的。

搭乘免費的接駁公車，一路風雨相隨，車窗上布滿了細小的雨珠，看不出新舊，不知何時掛上，也不知待了多久，但感覺不到移動，也鮮有新增，看來雨其實應該已經小了。

高鐵站的旅客服務臺說，延平郡王祠站下車，離聖母廟較近。她講得猶猶豫豫的，但人在外地，也只能言聽計從。郡王祠的正門緊閉，只好在略有積水的園中繞行。幾棵高大福木，撒了一地的橙黃果子，過去沒見過，信手撿拾了三顆較完整的放在背包裡，沾沾自喜。再依 Google Map 信步走到附近的度小月百年老店，一碗擔仔麵加一個鴨蛋，淨是古早味，在風雨中尤其暖心。

千里迢迢，當然不是為了看古蹟，真正目的，正是正統鹿耳門聖母廟，連三個正字，代表重要，想讓媽祖看到上次介紹給病人的醫師真身，也想瞻仰神通。這份好奇心，從不壓抑，起念即行，因為那正是自己前進的動力，即使路途遙遙，雖遠必至。

其實離聖母廟還有好一段距離，公車時間又配合不上，只好攔了計程車。車還沒動就一百三十五元，原來是因颱風天要多收五十，說是政府規定。入境隨俗，況且人生地不熟，只能吞了。

愈近海邊，愈近剛脫離臺灣的暴風圈，雨勢明顯增大，部分地區也出現積水，還颳著強陣風，車窗外視線模糊，幸好不是來觀光的，山水在風雨中已全然一色。

廟門口下車，風中撐著已經起乩的小傘，雖遮擋了部分驟雨，但依然從頭到腳濕得一身狼狽。颱風明顯澆熄了信徒熾烈的熱情，讓偌大的廟區顯得空寂，平日的人聲沸騰、香火鼎盛，而今卻只有少數幾人在殿堂中徘徊。

其實也就只有另外一家人，應該是有急事相詢。擲筊聲清脆的此起彼落，最好不是在問風濕病要看哪位醫師。

或許正是為了我不遠千里的誠摯，先令颱風清場，成就了此番近乎單獨謀面的殊勝因緣。

頑皮心起，想報上自己姓名，再反向擲筊，看和病人是否兩相符合，好一探虛實。但終究不敢放肆，也擔心萬一不對，弱了自己內心的得意，更折了這千里迢迢的誠意。

也應該不需要再擲筊了，人就站在這肅穆大殿的中央，我靜靜的佇立著，聆聽著。風聲、雨聲、讀經聲，聲聲入耳、聲聲入心。高高在上的鹿耳門媽，俯視著大地，這風雨中的國家，笑看這風雨中來的憨人。

或許就是這一份執著、這一份感性，帶領我不顧風雨，無畏無懼的前行。多年來，始終如一。

德
明
238

養生之道

九十來歲男性，與妻子相差了三十二歲，絕對的老夫少妻型、甚或是父女型。兩人都有些關節問題，結伴而來且感情融洽，也似乎相互依賴著。

先生外表剛毅，老當益壯，腰桿挺直，且行動自如，只是不太愛說話，總怔怔地看著我，再仰望著妻子給指示。起初以為有嚴重氣管炎（妻管嚴），後來知道是耳背的問題，時日久了，老伴成了耳朵，自然什麼事都眼巴巴的抬頭凝望著。其實只是要求重複問題，可能是怕沒掌握住重點回錯了話，但謹慎久了也就變成全聾半啞。

因為有連續處方箋，所以每三個月門診見一次面。每次總得由年輕的太太記著時間，行前一天提醒先生，明天要看診，老先生就回她說，「去幹嘛，我不想見他。」

這話當面說，雖然笑笑的，也實在令人尷尬，以為過去有不禮貌的地方，讓他心生不快。我望向他，面帶疑惑，想抓住一個解釋的神情，或一個悔懺的動作，他卻始終表情肅穆，且文風不動。

感覺是根本沒聽見。其實聽不見，或許是孤獨的因，也可能是果。在另一個平行宇宙中，他抽離了部分的人生、不必要的紛擾，和不堪的齟齬，預習最終的獨行之路。

不過，五官的靈敏對人類的智慧確實相當重要，我們形容一個人聰明叫耳聰目明，若聽不見就直接叫失聰，醫學研究也發現聽力不佳，會加速失智，因此對此不可等閒視之。

不過年輕太太卻迅速察覺到剎那的凝結，立即開口說，「他只是不想來醫院，也不想看醫生，認為自己一切正常，也對去醫院感到排斥。」

每個人性格不同，有人視去醫院如串門子，總雀躍的準時報到求個心安；有人卻視為畏途，避之唯恐不及，深怕沒事惹事。

很好奇老先生如何能做到既長壽且毫無失智、失能的問題。她說老先生其實也沒有什麼特殊的養生之道，就是生活規律。他牙口好，葷素不忌，只是不吃餅乾。他自己有一套規則，且相當堅持，數十年如一日，也安穩的過了數十年。她沒了老先生飲食上的顧忌，所以兩人在家做什麼就吃什麼，怎麼吃都可以，相處愉快自在。

想想也是，若一方不吃甜、另方不吃鹹；一方不吃油、另方不吃淡；一方不吃麵、另方不吃飯；一方早起晚睡、另方晚起早睡；一方怕冷、另方怕熱，那同一屋簷下的幾十年就真是修練忍術的道場了。

細數九十歲老人家的生活之道，不外規律、牙口、不忌、恬淡、自在，這或許就是健康長壽的法門。

僵硬

四十三歲女性，罹患類風濕性關節炎應該有十年了，瘦削的臉龐、刀雕的鼻梁上，架了副黑邊眼鏡，框著薄薄的霧霾，鎖著淡淡的傷愁，但仍不時透射出狐獴般精亮警覺的眼神。

在生物製劑治療下，病情非常穩定，發炎指數（CRP）始終控制在＜0.1，即已完全測不到。但每次門診，卻仍繃著一張臉，不斷抱怨著關節僵硬，對始終未能完全解決似乎深感困擾。幾次都以關節並沒有發炎，勸她不必過於在意，卻過不了關，根本無法說服，就糾結在關節僵硬的問題上，令氣氛和情緒也都很僵硬。

「家事都誰在做？先生有沒有幫忙？」故意岔開話題，未料卻捅了馬蜂窩。

這是多年來第一次和她碰觸到這議題，應該是先前臉書上描述一對老夫妻無話可說，引起許多共鳴，才知道這世上的怨偶，還真是超乎預期的多。

「夫妻已多年不講話，各做各的事情，各過各的。」她略帶怨懟的述說。其實最令人震驚的是已幾乎不帶怨氣，甚至沒有情緒，彷彿平淡訴說著遠方別人的故事，心灰意冷。

說他根本不了解罹患這種慢性疾病的痛苦，不但無法適時提供協助，還經常埋怨她不能分擔。既聽不懂、又說不通，久了變得冷漠，慢慢也就淡了。既然無法良性溝通，也就愈來愈無法溝通，終至無話可說。成為同一屋簷下孩子的父親，變成那個人了。

說這種生活很痛苦，想離，卻夾著小孩；想續，卻已成陌路。「其實不想活了，」抬頭看一眼我，彷彿知道醫師聽不下去，再補充，「但希望自然的離去。」

多年醫病間的信任，既然話已談到這裡，就乾脆扯遠些，再無厘頭些，或能讓她釋放壓力。

就接著問：「那妳想活到幾歲？」沉吟了一陣，她認真的想了一下。六十歲吧，要不對方先走。眼神中微閃過一絲厲芒，令人不由得心頭一凜。

心中反射性的念頭，真是生命誠可貴，這樣的壓力下，還準備撐二十年，那還有什麼是撐不下去的。

許多事常作繭自縛，那個現今一句嫌多的人，可是當年情話綿綿的人。是什麼沖淡了這一切，是什麼改變了這一切，真全是對方的錯？還是少了一個促膝長談解除隔閡的心意。

如果真的忍無可忍，自然應該當機立斷；如果還預期有二十年，還必須有二十年，還有留戀，還有懷念，就應該寬心敞懷的檢討，設法讓關係緩和，既有當初，何苦現在。

一對怨偶，不會有快樂的小孩，一個冰冷的家庭，不會有溫暖的家人。不能讓人生都掙扎在悔恨怨懟中，任誰也幫不了那由內而外的僵硬。

這幅畫，仍然勉強，情境的融入，煞費苦心卻似僵硬。

花蓮東華大學，水岸邊一株碩大的鳳凰木，迤邐如冠，燃著火紅的焰。

曾經的山盟海誓，在彼此的轉頭下煙滅。等待回眸，重圓破鏡，讓鳳凰于飛在山巔水湄。

LOVE

親情

七十餘歲老太太，上週因為體檢報告的類風濕因子（RF）陽性來看診，同時還不時的抱怨手部關節僵硬疼痛。

視診雖然沒有腫脹，仍然無法完全排除類風濕性關節炎，就安排一系列血液檢驗和X光攝影。手邊沒有數據資料，當然無從深入討論，順便約好了本週見。

今天來，答案要揭曉了，就再稍微仔細的端詳。頭髮灰白相間，梳理得整潔有致，穿著妝扮也優雅得宜，看起來精神氣色俱佳，兩次都由四十來歲的女兒陪著來。女兒臉色略為暗沉，多半時間都垂埋著頭，氣溫低，穿著厚毛呢材質的黑白雜織套裝，顯得暖和貴氣。

老太太仍不停的叨唸著，似乎已沉陷在病痛中真成了病人。但看了檢驗結果，除了類風濕因子比正常值略高，其他檢驗均屬正常，也沒有發炎跡象，手部X光亦只有輕微退化的變化。就輕鬆平實的告知結果，結論是應該沒事。

其實六十五歲以上，免疫耐受性會逐漸降低，百分之十至十五會有陽性低效價的類風濕因子，無足為奇，而離類風濕性關節炎的診斷卻仍有遙遠距離。

可能前面演太大，自己都信以為真，入戲太深後，角色一下難以抽離，似乎反而不太能接受一切正常的答案，仍不斷強調關節疼痛。在始終得不到診斷認同後，最後拋出一句，「那你告訴我現在最重要的該做什麼？」

明明沒大事，硬要大張旗鼓的問，若僅回以一般的保養、復健、熱敷、鈣片、葡萄糖胺這類例行答案，應是降不住這顆狂躁的心。既然有質問，當然得回應，總不能為之語塞，就快速的沉聲反應：「最重要的是話～少～說～一～點。」

話語的明顯減速，無厘頭式的回應，一下子亂了她的思緒。老太太沉吟的複誦一遍，頓時矇住了，女兒那邊卻噗哧一聲笑出來。但畢竟薑是老的辣，立刻自我解嘲轉回來，緊接著低聲幽怨的說，「醫師真幽默。」

一定覺得輸人不輸陣，仍不停嘴，繼續說道，其實死都沒關係，但不要病。

也許只是要找個臺階下，本應鋪個紅地毯順著走就算了。

但看起來養尊處優的，不像視死如歸的個性，何況根本沒有那麼嚴重，不過輕微退化而已，就假裝認真又帶著戲謔的問：「死真沒關係？」

問題拋出來，被問死有沒關係，應該多少有些顧忌，當然接不下去。斜瞟了一眼低著頭的女兒，接口說，女兒住美國，只回來一個月，生病也沒關係，但不要拖累了子女。

人家已經降 key 了，那廂身段算閃得漂亮，自己這廂實在是應該忍耐著附和一下，接個「就是啊」結案。

但看到女兒的臉埋得更低，不知哪根筋不對，竟然笑著衝出一句「不要情緒勒索」。母女倆對看一眼，都噗哧一聲，女兒笑得尤其燦爛，用手環抱著笑得略帶尷尬的母親。

其實是觀察出母女倆感情深厚，但分隔兩地，各有難處，時間久了，太多的欲言又止、太多的無能為力，那倒不如打開天窗說亮話。

對於親情，只要心有所念且盡其在我，也就該無怨無悔、無牽無絆了。

選里長

六十來歲狼瘡病人，自診斷確定，一晃已逾三十個年頭。其實，日子久了，也不過就像帶了個慢性濕疹，互相無可奈何，反正定期追蹤，聊聊天，拿點藥，一切平穩如常。

焦黃的臉，像刷過一層薄蠟或銅油，浸得很深，應該不完全是天生的，或許是歲月染的，再加上心情的焦慮，煎烤了一個黃橙橙的面膜，看來也沒心情漂白或遮掩。每次來就像房東見房客，或會頭見會腳，總先天馬行空的抱怨一頓，才能進入正題。

頭髮燙得圓整，像頂了個洩了氣只剩下半邊的籃球，夜間騎機車是絕對不需要安全帽了。

這次來，病情居然有些許波動，覺得訝異，當然要問發生了什麼特別事情。這才想到，病友最好能盡力保持病情平穩，不然什麼怪事都會被挖出來或自動吐實。其實還真沒興趣知道，但職責所在，一定得問，因為只有弄清楚了，雙方確認過，才能引領著趨吉避凶，才能不二過。

神情一變，露出沮喪的表情，哀怨的說，媳婦熱中服務，堅持要選里長。幾個月來，從早忙到晚，一早就出門，站在街頭拜票，小孩當然就丟給阿媽顧。看著媳婦興高采烈的熱情參與，只能一個人悶著頭在家帶孫子，當然疲憊不堪。

她說：「我就跟她說不要選了，回家顧孩子重要。」但話又不能說重，只能點到為止，人家不聽也沒辦法。

還好我住的這個里，是同額競選，選票上只一張照片一個名字，當事人老神在在，稀鬆應付一下就連任了。還好我媳婦沒說想選里長。

她們那個里據說競爭激烈，必須全心投入，且是挑戰現任，當然得全力以赴。

這個故事新鮮，難怪許多女性倡議平權、熱中參政，原來民主社會還有這個好處，由里長開始選，可以選到總統。選舉是基本人權，是神聖大事，有憲法保障，連婆婆也不好阻止。等媳婦們都順利當選了，婆婆們就只好振作起來，重操舊業，繼續在家自嗨當那個無需選舉的家長，「汗遺弄孫」。萬一媳婦落選了，那可得注意人家心情，好歹得先把孫子帶好。

默契

七十歲女性，多年前第一次來門診，就寒著一張結霜的臉，愁眉深鎖、鬱鬱寡歡，扛著一身的沉重暮氣，彷彿萬念俱灰、生無可戀，只在尋個方便解脫。

偏偏又極度的擔心著輕微的乾燥症。罹病應已超過二十年，卻仍喋喋不休的重複著同樣的抱怨，抱怨著一點也沒好，我就回覆，其實一點也沒壞。

留著及肩直髮，穿著樸素，雖然已到從心所欲之年，卻仍裹步在自網的小世界裡。

先生是法官，或許在專業訓練下，屬非常的咬文嚼字型，雖然同樣已逾從心所欲之年，卻仍出言謹慎，步步為營，臉上總嚴肅的刻寫著「言多必失」。

其實多年來每次都陪她來，打卡滿分，無可挑剔。但就只是板個臉遠遠站著，像是心不甘情不願的履行著某種義務，只在進來時和出去前勉強笑一下，算是打了招呼。

每次來，看到那張哀怨的臉，和另一張無言的臉，想這同一屋簷下的數十寒暑，就覺得燥熱難耐。屢屢試圖緩解，至少讓診間氣氛緩和些，並在乾柴枯枝間添些火花，增些溫度，但確實是件困難事。兩人眼光很少交集，開口閉口都是怨，像冬雨中濕透的木材，已經冷進髓裡。

每次問最近還好嗎？她都回老樣子沒變化，再向後方白一眼「只有被他氣」。後方的則始終專注的看著地，仔細研究著地磚的石紋，充耳未聞。

畢竟多年來已取得雙方信任，她看到我總能笑出來，偶爾也就利用這剎那，穿針引線的讓他們交流幾句。

這次三個月連續處方箋到期了，兩人又一前一後進來，夏日裡夾著一股令人寒慄的冷風。檢驗數據仍大致穩定，想暖和些，就說：「妳現在看起來氣色好多了。」她立刻回：「那是看到院長。」當然要把她先生扯進來，就接著說：「妳先生真不簡單，每次都隨侍在側。」她向後白一眼，開口：「那有什麼用？剛才來的一路上都沒講話。」那雙罹患乾燥症的眼睛居然微濕。

先生囧在那暫停了五秒，但法官可沒在嘴軟的，立刻悻悻然的回嘴：「我有問妳是不是搭那路公車啊。」天啊！這真聽不下去，夫妻之間的對話到這地步，那可能談天氣還能講久一點。

為了圓場，就硬掰，都幾十年的夫妻了，當然默契十足，使個眼色就知道意思了，還講那麼多話幹嘛！

兩人終於對看了一眼，然後笑了出來，彷彿春風輕拂著花朵。希望回程時兩人能輕鬆些，談談人生中一起度過的其他時光，畢竟「默契」不應該只是沉默的婚姻契約。

瓊花

三十六歲女性，是位全身性紅斑性狼瘡病人，個性活潑開朗，聲音卻厚沉粗獷。由中國大陸南方省分嫁到臺灣的南部，因緣際會的來臺北門診，一晃也已十五年了。

她剛來臺時還帶著濃重的特殊口音，現在已可說流利臺語，感覺非常融入，似乎也滿快樂的。有時候猛一回頭，真不敢相信，時光就這樣的流逝。

起初病情變化較大，但經過一段時日，目前狀況相對穩定，僅每隔兩、三個月來臺北一次，抽血檢驗追蹤讓彼此安心。

今天才注意到她的名字是「瓊花」兩字，近期讀唐朝李白的〈春夜宴桃李園序〉：「夫天地者，萬物之逆旅。光陰者，百代之過客。而浮生若夢，為歡幾何？……開瓊筵以坐花，飛羽觴而醉月……。」

臺灣大學醉月湖的醉月兩字，正源自於此。猜「瓊花」兩字或也是相同出處。就隨口說，妳父母應該是文人，才取了這麼好的名字。

未料她臉色微黯，說名字不是父母取的，是村裡報戶口的人取的。顯然這裡面一定還有些故事，但別人家裡的事情，屬個人隱私，既不足為外人道，也從不探究。不過至少這個名字於她似乎並無特殊情感，取名的人也不知道是信手拈來，或真的學富五車。

爽朗隨興的她突然又笑了起來，說最近還準備去換名字呢。這麼美麗又有典故的名字為何要換？很自然的提出質疑。

她笑著說，您想想諧音。看我一下子沒反應過來，就直接咬文嚼字的拉長音說「窮花」，貧窮的窮，又窮又花，既窮還花。可能家計有些負擔，既然心中有了這層陰影，換名字的事當然也就是隨人高興了。

由此可見，任何事情實在無須執著，也不要一廂情願，好壞之間，不同角度的閱讀，居然會有這麼大差異。

記得她已經連生了好幾個小孩，就想轉換話題，提些她一直得意的事情。特意再問，妳幾個小孩了？她回二女一男，我說妳功在臺灣，真的很給力。

又接著說，臺灣是寶島，山明水秀，真是個不錯的地方吧？居然莫名的想統戰一下。未料她笑著說，臺灣什麼都好，就只有婆婆不好。吼！這小媳婦膽子夠大；我立刻回，是妳這媳婦有問題吧？一定窮花，才惹得婆婆生氣。她爽朗的笑未再回應。

當然這都是放鬆心情的玩笑話，家務事比名字還複雜，但其實也很簡單，只要有愛，全都無足掛心。

浮生若夢，為歡幾何？倒不如開瓊筵以坐花，飛羽觴而醉月。

曖昧的失智

老先生，拖著碎步，顫顫巍巍的走進診間，素布襯衫外套著厚毛衣，鬆垮的穿著一條舊西裝褲。看電腦資料，已經八十四歲高齡了。

茫然的眼睛，淡了神采，戒慎恐懼的環視著眾人，不自在又緊張的坐在兩公尺外的椅子上，可能耳背加上駝背，個子顯得矮小，兩腳踮著，偶爾晃一下，卻全神貫注的用眼睛搜尋著室內的各種資訊。

兩次來都女兒陪著，女兒短髮，穿著厚大衣，架著眼鏡，就站在我的右手邊。女兒終究是女兒，就是貼心。

老先生主要的問題是皮疹，遍布全身，泛著暗紅和脫屑，應該很癢，尤其天氣又冷又乾，皺摺的皮膚上殘留著不少縱橫的抓痕和血漬。

今天的檢驗結果，顯示是塵蟎過敏。開了抗組織胺藥，也仔細說明了該注意的事項，包括除塵、潤膚、保潔。

一旁的女兒低聲的問，服用這種藥物會不會想睡覺？沉吟了一下回，應該還好，這種第二代藥物較不會嗜睡，反正睡前吃，即使會，也剛好可以睡熟些。

未料女兒更壓低了聲音說，不是這樣，他經常會半夜開車出去，去哪裡不講，一問三不知。若晚上吃藥嗜睡，可能會有危險。

看了老先生一眼，垂垂老矣的一臉無辜，因為聽不見這邊低聲的交談，益發顯得焦慮茫然。

女兒刻意用氣音繼續說，他外面有小三，都晚上相聚，我們睜一眼閉一眼的沒說破。似乎有反正他老了，就放他一馬的味道，也似乎展露著寬厚的孝道。女兒終究是女兒，就是貼心。

有些不以為然，因為其實好些失智症的老人，晚上會夜遊，一走好幾條街。也有病人告訴我，晚上會糊裡糊塗開車來醫院，到急診室再開回去，幸好都能安全來去。

擔心其實是失智的徵候，提醒女兒應該帶他就診神經內科做鑑定。但女兒似乎甚為堅持己見，認為父親就是出去私會。

臺灣約有三十二萬失智症人口，占總人口的百分之一點四。很麻煩的是，早期看不太出來。當然或許老先生有前科、有特定對象，也或許她們握有其他出軌的證據。

都這把年紀了，晚上溜出門，未必不可告人，反而應該要先對神智做鑑定，以免父親身體出了狀況，還要在懷疑眼光下背上道德的黑鍋。明明兒女疏忽還自以為成其好事，用曖昧的眼光看著充滿無奈的失智老人。

飄浮打坐

五十來歲的瘦小個子，罹患全身性紅斑性狼瘡應該起碼有二十年了，是近郊一所小佛寺的住持，好像僅有她一人是出家眾，另有些清修的信徒幫忙，但聽說香火鼎盛，經常忙碌於法事而不得閒。

其實以前是先幫她師父看病，她都莊嚴乖巧的陪侍一側，看得出師徒情深，後來她也成了病人。師父仙逝後，她繼續志業，總說靠先師保佑和我的加持，病情相對穩定，狼瘡性腎炎雖已賴定期洗腎，卻連藥都不必吃了。常說這就是犧牲小我成全大我。

這次來，主要的問題是雙腳腳踝疼痛，不過檢查外觀並無異狀，檢驗數據包括補體和發炎指數等也都完全正常。問是否行走或站立太久？回其實廟裡事情繁瑣，加上疫情，哪也沒去。

既然不是走動太多，卻又只有雙腳踝疼痛，突然想到接著就問，是否打坐多了？反正凡事總該有個解，無風不起浪。

這下問到要害，回說確實因為法事多了，盤坐多了很多，但她不甚了解其間關連。

我問打坐是雙盤腿還是單盤腿，回都有，但最近單盤較多。我說那妳看足踝是否正好互壓著。她揣摩了一下想想後點點頭。久了當然可能壓痛，我跟著說。她半信半疑的再點頭，接著問，那該怎麼辦？

這可不像跑步多了膝蓋痛，就勸少跑些省著點用；「不能打坐」這種話，對出家人當然說不出口，但就是不能被問倒啊！

靈機一動，就一本正經煞有其事的回，打坐時就飄起來啊，懸空就沒有問題了。這可不是亂打誑語，其實無論佛經或傳說中都有懸浮打坐的記載，以前曾經教打坐氣功的伍既安師父也說，當氣強時，人就會飄浮起來，聽來也算合理，不過卻沒有親眼目睹。

未眼見不代表不盡信，雖不盡信也可無傷大雅的說說，本來打亂固有思維就是前進的動力，當然也迎來驚訝欽敬的眼神。算了，適可而止，見好就收，一剎那歡喜就好，不能過頭了。就立刻自我解嘲的說，只是瞎猜的，還是要多做保養，可輕鬆活動，局部按摩加上熱敷，另開了藥用貼布希望能真正有所助益。

鐵皮屋

四十五歲男性，罹患硬皮症已逾十年，炭黑乾瘦的外型，當初真以為是來臺打工的菲勞或泰勞。緊繃的皮膚，彷彿罩著鐵布衫或套了潛水衣。

知道他過去菸抽得凶，全身像座燃煤的黑煙囪，在我三番兩次的勸誡下，終於信誓旦旦的說戒了，但仍承認愛喝點小酒，且習以為常。想也不能全斷了別人嗜好，能減量也就算了，即使都為他好，仍得留些餘地。

剛來就診時，應該只是個黑手工人，每次來總彬彬有禮，嘴甜周到。進診間門一定高八度的喊「張院長好」。現在的他，根本不覺得哪裡不適，只是仍固定拿藥，並不時檢驗追蹤一下。

這天來，他又大聲喊「張院長好」，笑容可掬。我說工作不要太累了，找時間多休息。他點點頭高興的說：「我現在是專案經理了。」當然，十年過去了，真高興他撐著身子也算熬出頭了。

問都接什麼案子？回說是在南港一帶蓋鐵皮屋。有些驚訝於這個職業，剛好那時候選舉期間，到處在檢舉違建，就順口說：「不會是幫人家蓋違建吧？」他大聲說，我們是蓋合法的，多是在公寓頂樓蓋遮雨棚，且是永久的，要經過設計，還得兼顧防風。

我說當了經理，沒再吸菸吧？他斬釘截鐵的否認。再問酒有沒少喝些？靦腆的回，有時候還是要應酬一下，也要跟工人們搏感情，就加減喝一點。我開玩笑的說：「加減喝？還乘除喝呢。」但仍叮嚀，酒還是盡量少喝，免得誤事又傷身。

他說：「張院長，不會啦，我都喝啤酒。」

我追問：「你一次喝多少？五百毫升？」

他揚起眉毛，露出專業態度，說：「啤酒一罐三百三十毫升，一次喝六罐。」

我說那不就兩千毫升了？

他說：「張院長，那還好啦，不會醉啦。」

我調侃的說「蓋鐵皮喝臺啤」還真是搭。

未料他神氣的回，「不是臺啤啦，是美國牌子，比較好喝但也比較貴。」

當然那不是問診的重點，重點是很高興他戒了菸，少喝了酒，身體健康，還十年有成。

癮小人

一位五十七歲，外表樸實無華的中年婦女，是類風濕性關節炎病人，藥物治療後病情相對穩定。這次回診時，注意到電腦螢幕上的顯示，上個月參加了醫院設立的戒菸班。

婦女吸菸的本來就少，根據二〇二二年國健署資料，臺灣女性吸菸率約為百分之三．七，吸到要靠戒菸班的，應該菸癮不小。吸菸對絕大多數的自體免疫疾病，都是環境因素裡的絕對負數，不但是疾病發生的點火者，也是疾病惡化的柴火，甚至影響包括生物製劑治療的效應。對風濕科醫師而言，是非常警覺的，門診也常花些時間勸導病友戒菸，既省錢又維護健康，何樂不為。

「妳吸菸啊？」我好奇的笑著探詢，其實這是病歷裡例行要記錄的項目，只是常被忽略。她怔住了，沉吟一下低聲說：「我是癮君子。」隨後再接著說，但已經開始戒了。

癮君子？根據《國語辭典》，「癮君子是諷稱有鴉片煙癮的人，今多指煙癮很大的人。」略提高聲量玩笑的說，「妳確定不是『癮小人』？」她彷彿沒聽清楚，疑惑的眼神望向護理同仁，大概從來沒人這樣說過，但旋即笑了出來，其實應該是懂了。

她含蓄的解釋：「因為我的職業，下面聽眾、觀眾們多半都在抽……」，突然停頓住了，但挑了一下眉，眼神流轉，意思應該是，當然也就只有入境隨俗了。

實在有些好奇，這把年紀了以唱歌為業，現場有聽眾且還能吸菸，莫非是在所謂的紅包場？但話到嘴邊，還是沒說出口，擔心少了尊重。

相信她也接收到我的欲言又止，就接著說，她本來在高雄的小酒館唱歌，疫情開始後，生意轉清淡，就考了執照，當上街頭藝人。好奇未解，就接著問，那是在信義區華納威秀影城？還是大安森林公園？醫病對話，總得先知道些什麼才能繼續扯下去。不過沒中，她說是在淡水一帶，且還有地盤，不能亂踩線。看出

我一臉的無法置信，她還說出藝名，要我上 YouTube 看她的歌唱影片。

等專心看完病後，臨出診間，感覺她有些落寞，畢竟曾經走過輝煌和熱鬧，或許也曾在掌聲中陶醉，就故意說，可惜今天沒唱一首，未料她迅即轉身，兩手交疊，當場引頸，唱了一首老歌的前幾句，確實不同凡響，但破了尾音，還帶著些許菸嗓的滄桑，還好停得快，當然立刻補上拍手叫好。她滿足的轉開門把笑著說，「癮小人走了，祝大家新年快樂。」剎那間滿室春風。

靈感

女生，罹患類風濕性關節炎應該有六年了，目前狀況穩定，一顆希樂葆消炎藥、一顆必賴克瘻，就將病情控制在緩解的狀態。

大眼睛還依稀飄流著嫵媚，四十二歲了，風韻猶存。五官精緻，但眼神卻顯得黯淡空乏，彷彿掩了塵埃，少了粉紅泡泡的恣意深邃，多了絲絲縷縷的家事牽絆，和做媽媽後獨有的心神不寧。像神兵利器套入劍鞘，再鋒芒銳利，也無得勾魂攝魄。

看個頭，陪著來的兒子應該剛上小學，也不吵鬧，就默默跟在一旁，有些黏。媽媽看著他，溫柔的說「叫院長好」，他看我一眼，眼神是柔和靦腆的，但終究沒有開口。不知道這年紀的小男孩都是這般彆扭，還是對穿白袍的總有忌憚。

於是笑著問：「怎麼今天沒上課？這麼乖，還陪媽媽來。」男孩忸怩的笑笑，還是沒說話。媽媽一旁說：「班上有人染腸病毒，被迫放假。」

解釋完，她接著再問：「目前吃的藥物可以懷孕嗎？」心中一驚，仍平和快速的答覆：「目前用藥沒有問題，且若真懷上孕，病情大多會減輕，甚至還可再減藥。」然後略提高聲調的問：「有了兒子還不夠啊？」

她笑著說，最近靈感來了，而且這胎若懷上，可能生女兒，就想再拚一下。沒想到，懷孕也要靠靈感。隨即接口，那萬一靈感太多怎麼辦？她笑了出來，都四十歲了，靈感會愈來愈少，就拚這最後一把了。

其實，內政部的資料，臺灣二〇二二年新生兒數較二〇二一年低，為歷年最低，或許部分受到農曆虎年與疫情影響，唯新生兒男女比例已逐漸接近國際自然出生性別比（男／女＝一．〇六的標準），顯示過去重男輕女的觀念已有所改變。

當然，如果真能再有個女兒，應該非常貼心，或許更能寬慰媽媽的疼痛，常說悄悄話給媽媽呼呼。想到不禁笑出來，就接著說，好吧，就祝福妳靈感成真。

貓敏

二十來歲的年輕女孩，娥眉輕蹙，說被過敏糾纏好多年了。人並不亮麗出眾，但感覺溫柔敏感。

臉上、身上都刮得花花的，荳蔻年華，想必心頭一定也刮得花花的。即使診間輕鬆對談，還是不自覺的抓撓，交雜著癢、痛、爽心的複雜表情，在淡淡的笑容下，流露著一絲奇詭。這境況當然只宜室宜家，坦白說，很難拋頭露面。

想知道是誰在興風作浪，誤入了別人的青春，於是抽血檢測了過敏原。一週後答案揭曉，竟然包括了塵蟎、海鮮，和貓。

彷彿意料之中，她平淡的回應，早就已經盡量不碰海鮮了，防蟎除濕也都做了，出門絕對戴口罩，抗組織胺藥也吃了，但就是不見改善，還變本加厲。講完後，眼中充滿問號的看著我。

看她一臉慎重的討論塵蟎、海鮮，顯然做足功課，卻絕口不提貓，想一定是身外之物，根本不甘她的事。

但球回到我手上，皮膚狀況又實在太差，且柔弱的蜷伏在那，就隨口一句：「沒養貓吧？」

未料她竟然不動聲色淡淡的回：「八歲了。」八歲?真吃了一驚。後來好奇的在網路上查閱，這已相當於人類的四十八歲，是近「知天命」的年紀，也早過了青春期，根本老貓了。

過去白目過，也已學乖。上次一位養貓女生對貓過敏，問我怎麼辦。我說不知道貓肉是酸的還是甜的，她氣得奪門而出，沒再來過。

其實小時候家裡也短暫養過貓，是隻白色長毛波斯貓，六〇年代007系列電影中，魔鬼黨首領手中抱著很萌卻帶著殺氣的那隻，應該很名貴。我家這隻可是自己跑來的，還一眼藍一眼黃。

那年代，房子、牆都矮，也沒電網、監視器或管理員，不知牠來自何方，媽媽餵牠就住了下來。晚上睡在大床邊的茶几下，天冷也會鑽進被窩，暖了就跑了。有天牠出門相親，大概看對了眼，牆頭喵喵叫兩聲，道別後就又亡命天涯。牠叫咪咪，看來忠誠度不高，所以老愛說笑，不知道肉是酸的還是甜的。

但君子不二過，受過教訓，這次就特別小心翼翼的問，晚上有睡一起嗎？她遲疑了一下，靦腆的說，那要看牠的心情。倒吸一口氣，人類真有奴性，那態度好像子夜裡痴等皇上翻牌子的妃子，若主子心情好，受了寵幸，還要謝主隆恩。養隻貓還得看牠臉色？

其實已試過很多次，對貓過敏的人，從來不會捨棄貓，寧願皮癢、寧願噴嚏、寧願吃藥、寧願不相親，就是不敢或不願動貓一點歪腦筋。

但什麼樣的生命會由小到老穿越過你，牽起從生到死的相依；什麼樣的因緣可以照料生命的年幼和衰老，化做無怨無悔的陪伴；又是多麼濃的愛，會用健康換一夜溫存；多麼濃的情，可以姑息恣意的喜怒；而到底是什麼樣的關係，在人貓之間。

看她那麼執著鍾愛，很想再提貓肉酸甜的問題，好暗示該有個了斷，但還是忍了下來，只淡淡的說，就給牠穿件衣服，毛屑少些總好些。這次女孩甜甜的微笑，微微的點頭，輕輕的揮手。看來對談技巧還是有些藝術，還是會日漸進步的，重點在同理心，尤其是對生命的尊重。

「貓敏」這幅畫，以紅綠對比主角和背景，女孩刻意露背，原想留給過敏皮疹空間，紅衣白點配白膚紅點製造衝擊，但終下不了手，只刷了幾畫。最後畫貓，在紅綠夾擊下，仍選擇了黑。

太老不能飛

女性病人，瘦高個子，應該有一百七十公分以上，像深山雪地裡穠纖合度、一枝獨秀的喬木。面容素淨，卻略顯蒼白，可能不常曬太陽、經常美白，或只是些微貧血。

剪短髮，一絲不苟，穿著帥氣俐落，像飛馬入林的俠客，邁著大步快速入座，彷彿隨時可以一字馬劈腿。

明亮的眼睛，是唯一露出來的五官，因為戴著大型口罩，遮蔽得嚴實，其實根本勾勒不出長相，即使哪天再擦肩而過，也不會記得曾經的相逢。只是雙眼裡流露出絲絲的倦怠，飄出的煙愁，暗沉了原本俏麗的外型。

口罩前後不規則的掀動著，也發出了含糊的聲響，顯然是正艱難的開口。原來受困於頻繁的口腔潰瘍，疼痛難耐，說話、進食都受到影響，整個人的狀態都明顯處於低潮。

有潰瘍，當然還是得例行的詢問數目、位置、期程。再頻繁也總該有個期限、有個段落吧！但她卻落寞的描述，是一年三百六十五天不斷的破，此起彼落，像不間斷的煙火在嘴裡爆裂，看不見五光十色，卻得忍受著煙硝。這當然影響自信、影響交流、影響生活，日子過得不舒服，其實應該是滿痛苦煎熬的。

據稱，在其他醫學中心診斷為貝西氏病（Behcet's disease）。此為一種較罕見的自體免疫疾病，一九三七年由土耳其皮膚科醫師貝西（Hulusi Behcet）提出，故以之命名。二〇一六年六月二十七日也曾發專章討論，可參閱複習。

貝西氏病的症狀，主要是反覆性且疼痛的多發性口腔潰瘍，也可能會同時有生殖器官的潰瘍，常合併復發性眼睛葡萄膜炎、關節滑膜炎、胃腸道膿瘍、皮膚膿疱疹及血管病變等。但既為反覆性，就總該有個休止期吧！但她卻似乎是永無寧日。

雖然她唯一的困擾，只有不間斷的口腔潰瘍，但在這個診斷下，卻被處方每日服用類固醇兩顆，且已長達十年，更大的隱憂是，難道要為了這個全年無休的問題吃仙丹到天荒地老？

必須問工作為何，了解是否有所影響。居然是空服員，不得不說這職業的門檻還真高。陸上動物常年天上飛，當然總有些我們不知道的壓力，但她卻似乎對工作甘之如飴，言談間展現難得的笑容，所以病情又似乎與工作內容無關。

她察覺到我探詢的方向和目的，只是顯然一下沒能抓到重點，就接著說，她熱愛工作，但因為老了，面臨汰除危機，壓力與日俱增。述說時眉頭也逐漸蹙緊。

這才了解，原來公司有不成文的規定，太老的不能飛。

老了？還真看不出來，有些訝異，立即查看電腦資料，居然已有五十二歲了。長期高空飛行，未料還有保鮮的作用，不知道是總在室內、常午夜起飛落地、還是買 SK-II 或面膜較為容易，硬是看不出臉上的皺摺，當然更找不到刻劃的年輪。

我說，國外許多航空公司特別聘請阿媽級空服員，主要取其經驗豐富，且老成穩當，每次看到她們都格外安心。她搖搖頭，這個行業，也要求年輕化，且為大勢所趨。

這壓力自然非比尋常，每天看著年輕的美眉同事在旁走踏，且深受歡迎，咬牙切齒之際，也難怪口腔會潰瘍到難以癒合。但類固醇經年累月的吃，也實在不是辦法，總不能就這樣相伴到退休吧，尤其是還功效不彰。

抽了血、聊過天、換了藥，答應會慢慢把類固醇拿掉，這至少讓她暫時冷靜放鬆下來。希望下次來一切能有所改善，也希望她解決問題後，能繼續飛翔，耐心的照顧那些心中更忐忑不安的空中過客。

誰說太老不能飛，即使落葉，生命的最後一刻，不也飛得婀娜多姿，旋轉、飄舞，天地任翱翔。

角鴞

五十九歲女性，罹患全身性紅斑性狼瘡已逾二十年，總準時於門診追蹤著，狀況穩定。

其實外表看起來也就四十來歲，尤其個性溫婉有禮，進退煦煦有度，總聲音輕柔的述說著她的故事。

每看到這些領有重大傷病卡的病人健康的生活，一轉眼就數十寒暑，且各有精采亮麗的生命，雖感嘆時光飛逝，但更感激醫病相互砥礪成長難得的定期小聚。

年前門診，送了精緻小玻璃罐的蜜釀黑棗來，說是家傳的珍品。家傳的蜜棗？當然很多問號。原來是因為母親承襲了山上的土地，廣植棗樹，棗子收成後再自釀裝罐販賣，成為特產。

她說過年期間天冷，住的山上下雪。想臺北附近能下雪的山，那一定是陽明山了，她卻說不，是另一頭的烏來。早上推窗，窗櫺上已積了七、八公分的白雪。

很好奇，烏來是小學時郊遊、年輕時旅遊常去的地方，後來也常開車去雲仙樂園坐纜車，或買些弓箭，小時候自娛，後來是買給兒子們。但感覺山沒多高，居然會下雪？

她說樂園位約海拔五百公尺，也下了薄雪；她們家則在山頂，約海拔八百公尺，所以雪厚。推窗可及。真是山不在高，有雪即靈。

說山上生物多，曾有一隻角鴞，約二十公分高，大頭，可三百六十度旋轉。但原住民設了許多陷阱捕獵，牠中了埋伏，由高處跌落折翅，被她救了起來，置家中養傷，悉心照料，約一個月痊癒後才再展翅高飛。

查閱網路資訊，角鴞的頭部好像僅可做兩百七十度旋轉，是因為有十四節頸椎，但看其旋轉的角度，已頗為驚人。人類有七節頸椎，故僅能向左或向右扭轉九十至一百零五度，看似大輸，其實天下沒有絕對的優勢，角鴞的眼睛固定在眼窩，無法大範圍轉動，才須代之以更大的角度轉動頭部，來觀察這個世界。其實異曲同工，人類這樣也不錯。免得滿街兩百七十度轉頭，想起來還挺嚇人的。

以為放飛後就復歸山林？未料被救的角鴞，之後卻不時的回訪，總喜孜孜的叼了捕獲的老鼠來敲窗，她開窗看到是老鼠，嚇得揮手說不要；或以為不合口味，過些時候，角鴞又換叼了還會動的小蛇來。角鴞這種結草銜環的報恩舉動，著實令人感動，所以切勿以為善小而不為，天地萬物皆有情。

不但常叼牠的珍餚美味來分享，有天清晨，她抬眼看窗外高懸的電線上，高高低低一排二十來隻小角鴞。我訝異於其數量，她反覆點頭確認，我說當初一定救到角鴞酋長或大頭目。她輕輕的說，就是難得的緣分。也許角鴞媽媽正在和孩子們現場教學，說一個感人的故事，看一個感恩的婦人。

誰都有感動人心的時刻和故事，診間裡的傾吐和對話，療人療己，剎那的溫暖，或能促人更樂於行善助人，當然要繼續聊下去。

社會人文 BGB584

醫見人生

張德明醫師的人間診間思索

作者 — 張德明

副社長兼總編輯 — 吳佩穎
資深主編暨責任編輯 — 陳怡琳
校對 — 魏秋綢
美術設計 — BIANCO TSAI
內頁排版 — 張靜怡、楊仕堯

國家圖書館出版品預行編目（CIP）資料

醫見人生：張德明醫師的人間診間思索／張德明著. -- 第一版. -- 臺北市：遠見天下文化出版股份有限公司, 2024.09
面； 公分. --（社會人文；BGB584）
ISBN 978-626-355-916-5（平裝）

863.55　　113012446

出版者 — 遠見天下文化出版股份有限公司
創辦人 — 高希均、王力行
遠見・天下文化 事業群榮譽董事長 — 高希均
遠見・天下文化 事業群董事長 — 王力行
天下文化社長 — 王力行
天下文化總經理 — 鄧瑋羚
國際事務開發部兼版權中心總監 — 潘欣
法律顧問 — 理律法律事務所陳長文律師
著作權顧問 — 魏啟翔律師
地址 — 台北市104松江路93巷1號2樓

讀者服務專線 — (02) 2662-0012 ｜傳真 — (02) 2662-0007；(02) 2662-0009
電子郵件信箱 — cwpc@cwgv.com.tw
直接郵撥帳號 — 1326703-6號　遠見天下文化出版股份有限公司

製版廠 — 東豪印刷股份有限公司
印刷廠 — 立德印刷股份有限公司
裝訂廠 — 台興印刷裝訂股份有限公司
登記證 — 局版台業字第2517號
總經銷 — 大和書報圖書股份有限公司 電話／(02) 8990-2588
出版日期 — 2024年9月30日第一版第1次印行

定價 — NT 500元
ISBN — 978-626-355-916-5
EISBN — 9786263559196（EPUB）；9786263559189（PDF）
書號 — BGB584
天下文化官網 — bookzone.cwgv.com.tw

天下文化
BELIEVE IN READING